「まだまだッ！　おおォッ！」
そして、ハヤトの手元が煌めいた。
世界が捻じ曲げられて、一本の武器が出現する。

ヘキサ
ハヤトに2つの最強スキルを与えてくれた、
謎の美女。良きアドバイザーにして
何かと頼れるお姉さんだが……!?
天原ハヤト
極貧生活を送る中卒16歳。
人生が「詰み」レベルの最底辺探索者だったが、
ヘキサにもらった2つのスキルで、
トップ探索者へと成り上がる!
エリナ
ハヤトを慕う、奉仕種族の少女。
ロリ巨乳で世話好きの、
ハヤトにとっては可愛い妹的存在。

シオリ
「剣姫」の異名を持つ凄腕探索者だが、
超ストーカー気質で神出鬼没の残念美少女。
ハヤトに一方的な好意を抱いている。
ユイ
Bランク探索者にしてアイドルの美少女。
偶然コンビを組んだハヤトのことが気になるが、
何かと素直になれない模様。

「で、どうするの？ハヤト。どっち買うの？」
「……ア●フォンの方が、良い」
「大丈夫ですよ、お兄様。チャイルドスマホにすれば良いんです」
「な、何が？」

中卒探索者の成り上がり英雄譚 1

～2つの最強スキルでダンジョン最速突破を目指す～

シクラメン

HJ文庫
1018

口絵・本文イラスト　てつぶた

1 The Heroic Tale of An Upstart Explorer in a World Full of Dungeon

CONTENTS

第1章 ✦ 自殺を決意した探索者

騒がしい喧噪の中に一人、取り残されるようにして彼は立っていた。去年、区画整理されたばかりの道路の上を有象無象の人間と、自動車が通過していく。

街頭のディスプレイには、華やかな少女が映っている。灰色のようでいて青みがかった髪、美しく青い瞳をした少女は、日本で二番目に優れた探索者だ。彼女は自らの仕事を、夢のあるものだと錯覚させるかのように、綺麗な謳い文句を並べるとダンジョンへ人々を誘っていた。ダンジョンには何もかもがある。夢も、希望も、未来さえも、と。

時刻は既に午後九時を回っていた。昼夜問わず、ダンジョンに潜り続ける探索者たちにとって、日没など関係ない。激しい雨の中で傘を差しながら、装備が濡れないようにと防水ケースに入れて大勢の人間が彼の前を歩いていく。

「ねえ、あの子さ」

「関わんなよ。家出とかだろ」

「傘も差さずに……」

時折、そういった声が聞こえる。しかし、それは雨音と共に掻(か)き消え喧噪の中に沈(しず)んでいくのだ。服の濡れなどとうに気にしていない。頭にあるのは、これから終わりゆく自らの人生だけ。

「あぁ……」

天を仰(あお)ぐ。降りしきる雨が、身体(からだ)を伝って、体温を奪(うば)っていく。

「一体どこで」

誰(だれ)に聞かせるでもない声は、

「間違(まちが)えたんだろうなぁ……」

雨の中に消えて行く。

二年前、同日同時刻をもって七つの国に七つの隕石(いんせき)が落下した。それは、落下場所を通常の物理法則が通用しない異世界、『ダンジョン』へと変化させた。初めは誰も触(ふ)れようとしなかったダンジョンという未知の世界は、やがて人類を狂喜(きょうき)せしめた。

御伽噺(ファンタジー)の中にしかあり得なかった無数の『モンスター』。

その『モンスター』が倒(たお)された後に残す人智(じんち)を超(こ)えた『ドロップアイテム』。

宝箱からもたらされる人類の文明をはるかに超える『超遺物(オーパーツ)』。

そして、『スキル』によって、条理の外に身を置いた超人(ちょうじん)たち。

ダンジョンが出現した七か国は協議の末、ダンジョンを世界へ開放するかどうかを各国自身の判断に委ねた。日本はアメリカからの圧力もあって、人々へとダンジョンを開放。それを皮切りにして様々な人間がダンジョンを攻略することを生業とする『探索者』へと志願した。

当時まだ十四歳だった彼は冷房をケチるためにいた家電量販店のテレビニュースでそれを見た。その時、雷に打たれたように『これだ』と思ったのだ。いや、『これしかない』といったほうが近いか。

まだ動乱期だったため、簡単に年齢制限を掻い潜って探索者になることが出来た。探索者になった後は単独として生計を立てていた。

それから、二年。待っていたのは、過酷なまでの『資本主義』だった。

モンスターに外の世界で作られた武器は一切の効力を発揮しない。全てはダンジョンの中で賄う必要がある。彼と同じように、ダンジョンが金になることに気が付いた大企業は金に物を言わせてダンジョンの中から出てきた武器や防具、そしてスキルを覚えることの出来る『スキルオーブ』を買いあさった。

まだ十四だった彼に、素材を武器に加工する術もなければ伝手もない。周りが超課金装備で挑む中、一人悲しく『ひのきの棒』を振り回すことしか出来なかった。だが、中二の時に親から絶縁された彼に探索者以外の選択肢など無かった。

無論、高校に通うお金も無いから、学歴は中卒。それでもずっと探索者として生きてきた。

それも今日で終わりだ。

最近とても調子が良かったから、いつもより1階層だけ深い4階層でモンスターを狩っていた。3階層のモンスターより強いが、その分報酬も期待できる。単独だということに目を瞑っても、危機に陥ることは無かった……そのはずだった。

前から走ってくる探索者たち。彼らには一様に似たような入れ墨が彫られており、その後ろからは多くのモンスターが彼らを追いかけていた。そして、彼らは笑いながらそれら全てを押し付けた。

『モンスタートレイン』だ。

それは階層内のモンスターを集めて、他人に擦り付ける行為を言う。それのほとんどは意図せず行われるものだが、今日彼が当たったのは違った。

『死肉漁り』と呼ばれる犯罪者共がダンジョンの低階層にいる。彼らは初心者を相手にモンスタートレインを仕掛け、死体から装備を奪い取り企業に売りつける。彼は必死になってモンスターたちに抵抗した。そして、命からがら逃げ出した。その時に、Ｌｖ３相当の治癒ポーションを使ってしまったのだ。

　これは諸刃の剣だった。探索者はとても殉職率が高い。そのため、ダンジョンに潜る際には探索者たちの互助組織である『日本探索者支援機構』通称『ギルド』から深度に応じた治癒ポーションを持っているかの確認が入るのだ。

　彼が持っていた治癒ポーションは、一つだけ。それを失った以上、もうダンジョンに潜ることは出来ない。潜れないということは金を稼げないということ。

　それはつまり、死だ。死ぬ以外に、無いということだ。

　貯金なんてない。稼いだ金はダンジョンに潜るために片っ端から使い倒した。

「……真面目に、やってきたんだけどなぁ」

　そう思って、自らの『ステータス』を開いた。

天原　疾人
HP：35　MP：26
STR：12　VIT：10
AGI：09　INT：11
LUC：03　HUM：96

【アクティブスキル】
『治癒魔法Ｌｖ２』『身体強化Ｌｖ１』
【パッシブスキル】
『索敵』

最大でもギリギリ二桁、運に至っては3しかない。人間性は低ければ低いほど人間を辞めている――つまり、強い。だから、96は当然雑魚だ。深いため息をついてハヤトは歩き始めた。

向かう先は海。いつかはこうなるんじゃないかと思っていた。その時に備えて、最も人に迷惑をかけない死に方を探し続けていた。

……身投げする。それがハヤトの出した結論だ。

「俺の人生、何だったんだよ……」

声が漏れる。だがそれも、この街の誰にも届かない。実力が足りないからとダンジョンから逃げる。そんな弱々しい人間の戯言が誰にも届くはずがないのだ。夢と希望にあふれるこのダンジョンシティでは。

夢遊病のように歩いていると、目の前の赤信号が目に入った。しかし、今ハヤトが居るのは横断歩道。

「……ッ！」

パッシブスキルの『索敵』が、こちらに向かってくる自動車を検知した。

……轢かれるッ！

瞬時に身構えたが、運転手はすんでの所でハンドルを切った――それが悪手だった。向きの変わった車の先にいたのは小さな少女。背格好からして小学生。傘で視界が隠れ、車に気が付かない女の子に車は衝突した。

轟音と、悲鳴。周りにいた探索者たちが、わっと少女のもとに駆け寄る。

少女は頭を切ったのか、ゆっくりと額から血を流していた。一瞬、ハヤトの頭の中を最悪の事態がよぎるが、少女の胸は浅く上下に動いていた。……生きている！

雨で滑る道路を踏みしめて事故現場に近づく。

俺の、せいだ。ハヤトはぐっと奥歯を噛み締めた。

「大丈夫!?　しっかりしてッ！　誰か！　誰か、救急車呼んで！」

少女の母親が、半狂乱になりながら叫ぶ。

「……すみません」

だから、ハヤトは少女に近寄って母親に頭を下げた。

「ちょっと、なんなのよ！」

少女に手を伸ばすハヤトを、母親は怒鳴りつける。

「ごめんなさい……。でも、今の俺にはこれしかできないんです。『キュア』」

小さな、緑色の光がぽっとハヤトの指先に灯った。それはゆっくりと少女の額の傷を塞ぐと、流れ出ていた血を止めた。

「……あなた」

それを信じられないような顔で母親が見た。母親だけではない。少女を轢いた運転手も、通行人でさえも、信じられない表情でハヤトを見ていた。

スキルを〝外〟で使うことは犯罪だ。

たとえそれが、治癒スキルであっても変わりはしない。いや、むしろ人の身体を弄り回す治癒スキルこそ、何の資格も持たない者が外で使ってはいけないスキルの筆頭だ。だが、これから死にゆく者には関係のない話。

「……キュアは、最も低いレベルの治癒スキルです。血を止めることくらいしかできません。だから、ちゃんと病院に行ってください」

携帯を持っていないハヤトに、救急車は呼べない。自分が引き起こした事故なのだから、最後まで責任を負うべきだと思う。思っては、いる。だが、ここでゆっくりしていると警察に捕まるかも知れない。そうなれば、死ねない。無様に生きながらえるだけだ。

　それだけ言い残して、ハヤトは降りしきる雨の中をたった一人で海へと向かった。その後を追う者はいなかった。

　ハヤトがやってきたのは大きな橋の上だった。眼下には真っ黒に染まった川と海が佇んでいるのが分かった。夜の闇に埋め尽くされた真下は、正確な高さを鈍らせる。ハヤトは落下防止のための柵を乗り越えて、吹き付ける風の中、目を瞑る。雨粒が彼の身体を叩きつけた。

「……死にたくねぇなぁ」

　死にたくない。

　死にたくないが、生きていたって仕方ないのだ。

　生きて、生きて、生き延びて、何になるのだ。ダンジョンには歯が立たなかった。だから、低階層でもがいていた。けれど頼みの綱の治癒ポーションを使ってしまった。だから、ダンジョンにはもう潜れない。学歴はない。職歴だって低級の探索者だ。そんな中卒が一人、どうやって暮らしていけるというのだ。

　一度、生活保護を受給できないかと思い、市役所にも行ったが、市役所職員はひどくめんどくさそうな顔をして親が生きているとの理由で拒否した。児童養護施設に行ったこともあったが、働いているから無理だと一蹴された。

「……ちくしょう」

気が付けば、思わず涙が溢れてきた。

俺はいったい、なんのために生きてきたんだ。

この激動の二年間を、なんのために生き延びたんだ。

それはもう、分からなかった。抱いていた理想は消えた。夢は現実に潰えた。

「ちくしょう……」

俺は死ぬ。今日ここで。

そう意識した瞬間、足が震えるのが分かった。全身から玉のような汗が噴き出て、視野が狭窄し、背筋に冷たいものが走った。

だが、その意志は固かった。

「ちくしょうッ！」

三度目の罵声と共に飛び降りた。ぶわり、と真下から吹き上げる風が身体を舐めた。すぐに重力の魔の手がハヤトの身体を引いた。見る間に闇が迫ってきた。

死。

刹那、ハヤトの脳裏を駆け巡ったのはこれまでの人生だった。

生まれた時より、才能は無かった。

両親は一年後に生まれた弟と妹を溺愛した。与えられた課題が満足にこなせないと、殴られた。蹴られた。食事を抜かれた。夜の山に置き去りにされた。無関係な場所へと捨て置かれた。

そんな自分を見て、弟はひどく嘲笑した。

家に居場所は無かった。だから、逃げ出した。いや、追い出された。

復讐がしたかったわけじゃない。見返したかったわけじゃない。

「……俺は、認めてほしかったんだ」

ぽつり、と本音が漏れた。両親に認めてほしい。誰かに認めてほしい。そんな子供みたいな思いでここまで走ってきた。

もし、自分が死んだというニュースが流れれば両親はどんな反応をするだろうか。少しは悲しむだろうか。それとも、厄介払いができたと大喜びするだろうか。

水面が迫ってきた。橋から水面までの高さはおよそ十五メートル。死ぬには十分な高さだろう。

すぐに訪れる終わりに備えてハヤトは目を瞑った。

刹那、襲ったのは衝撃。だがそれは、水面に激突したそれではない。

ハヤトの心臓を狙(ねら)うようにして、謎(なぞ)の飛翔体(ひしょうたい)が彼の身体を貫(つらぬ)いた。

見る者が見れば気が付いただろう。それは隕石だった。

とても小さく、そしてとても美しい流れ星。

《良い人生だ。悲しみと憐(あわ)れみに満ちた救いのない人生だな》

それはハヤトの心臓部を覆(おお)うように粘性(ねんせい)の物体に変化すると、傷口を塞いだ。

ハヤトは一連の出来事を本能で察知し声の主を一目見ようと目を開けて、そして息をのんだ。

そこに居たのは、思わず息も止まってしまうほどの美女だった。流れるような白銀の髪に、黒真珠(くろしんじゅ)のように煌(きら)めく瞳。肌(はだ)はあたたかな乳白色で、健康的な血の色が程(ほど)よくさしている。それは、まるで神々が作り出した造形物かのように、完璧(かんぺき)だった。

だが、一つ気になるのはその姿が半透明(はんとうめい)だということだろうか。

《随分(ずいぶん)悲惨(ひさん)な人生を歩んできたみたいじゃあないか》

そう、彼女は言った。

「あ、あんたは……」

《私はヘキサ。お前の救いだ》

「……救い？」

《ああ。だって、お前ずっと心の中で言ってただろう。死にたくないって、助けてくれ、となな》

「…………」

《だから、救いだ。そして、この星。地球にとっても救いである》

「……は？」

《詳しい話は落ち着いた場所でしよう。まずはお前に授けた『プレゼント』を開いてくれ》

「……プレゼント？」

《ステータスを開くんだ》

不思議に思ったが、彼女の言葉には思わず従ってしまうような、魔力があった。

【アクティブスキル】
『武器創造』
【パッシブスキル】
『スキルインストール』

「……なんだ、これ」

ひどく見慣れたはずのステータス。だが、スキルの欄には今までハヤトがともに歩んで来た三つのスキルの姿がない。その代わり、二つの新しいスキルがそこに記述されていた。

《プレゼントと言っただろ？　たった三つのステップだ。一つは、状況を確認する》

彼女の言葉と共に、止められていた時間が動き始め、重力によって身体が引かれる。

《二つは、スキルが自動で発動し》

〝状況確認完了〟

〝【落下衝撃減少】【身体強化Ｌｖ３】【水面歩行】をインストールします〟

〝インストールしました〟

そして、ハヤトは水面に着地した。そう、文字通りの着地。

何度か確かめるようにして、水面を踏む。わずかに波紋が拡がるものの、足は絶対に水の中には沈まなかった。

……どうなってんだ？

《最後にお前は助かるというわけだ。簡単だろう？》

「……はぁ」

《なんだ？　せっかく説明してやったのに、全く理解してないような顔しやがって》

「……いや、全く理解できないけど」

《ふむ。では改めてお前へのプレゼントを説明してやろう。先程、お前に語りかけて来たのは【スキルインストール】。自動で周囲の状況を察知し、適切なスキルをその場でインストールしてくれる。もう一つの方は、【武器創造】。名前の通り、お前が考えた武器をこの世に再現できる。とはいっても、こいつはお前のレベル以上の武器を作れないんだが……》

「…………」

ハヤトは矢継ぎ早に繰り出されるヘキサの説明を、なんとか理解しようと頭を捻っていたが、まるで理解できなかった。そんなハヤトを見かねて、ヘキサは説明を切り上げると肩をすくめて言った。

《ま、難しく考えるな。もっとシンプルに考えろ。お前はこれから英雄になる》

「……英雄？」

《そうだ。まあ、歩きながら話してやろう。お前だっていつまでもここに居るわけにはいかないだろ？　ハヤト》

それもそうだと思い、彼は岸に向かって歩き始めた。

「……俺の名前を」

《勿論、知ってる。さっきの衝突の時に頭の中を覗かせてもらった。ついでにこっちに来るときに常識はそれなりに入れてきたから大体の話は通じる》

「なぁ……その、あんた、宇宙人か？」
ハヤトはよいしょと、川岸に上がって一息つく。
《その認識は間違いじゃない》
「………………」
《どうした？　円盤みたいなＵＦＯに乗ってくるとでも思っていたか？　ご期待に沿えなくて悪かったな》
そう言ってヘキサはへらへら笑った。その顔ですらも、思わず見惚れてしまうほどに美しい。
「別にそれは良いんだけど……。その、地球にとっての救いってどういうことだよ」
《いきなり本題か？　話の早い男は嫌いじゃない》
「どーも」
《お前たちがダンジョンと呼んでいる物があるだろう》
「あぁ」
今日の出来事を思い返して身体が硬くなる。
《あれは『星の寄生虫』だ》
「……？」

《文字通りの寄生虫だ。その星の支配者にとっての『飴と鞭』を用意して適度に飼いならしたころに、内側から星を喰らいつくす》
「…………」
《100層だ。ダンジョンが100層に到達した時、星の核は侵食され、星そのものが苗床になる。そうなれば終わりだ。後は内側から爆散させて、他の星目指して漂う隕石の群れになる。宇宙の癌だな》
「…………」
《だから、私が来た》
どこに行くか迷ったハヤトは、とりあえず家に帰ることにした。
《そして、お前を選んだ》
「……どうして、俺なんだ」
《簡単だよ。理由は三つ。一つはお前が凡人だから。パッシブスキルの【スキルインストール】は容量喰うからな、頭がすっからかんのお前がちょうど良いんだ》
「なんつーこと言ってくれんだ」
流石に見ず知らずの相手にそんなことを言われると、いくらハヤトでもむっとする。
《二つ目は、お前が弱いからだ。名を上げる英雄にはピッタリだろ？》

「……別に俺は」

　英雄になりたいわけじゃない。

《最後にお前が、救ってほしがっていたからだ。誰かに助けてほしいと望んでいた。だから、私はお前を選んだ。安心しろ、ハヤト。私は絶対お前を見捨てない》

　その言葉はとても温かく、そしてくすぐったかった。

「俺は……ダンジョンを攻略するために助けられたのか？」

《そうだ。私はお前が適任だと思った》

　ダンジョンのせいで自殺しようとしていたのに、ダンジョンのおかげで助かった。

　その事実を喜べば良いのか、悲しめばいいのか分からずハヤトは閉口してしまう。

《一年だ》

「……は？」

《残り一年で、ダンジョンはこの星の核にまで手を伸ばす。そうなれば「バッドエンド」。だが、それまでに……並み居るダンジョンのボスたちを倒し、最奥に潜むダンジョンの核を壊せば「ゲームクリア」だ。ワクワクするだろ？》

「……しねーよ」

《なんだよ。ノリの悪い奴だな。楽しんでいこうぜ。楽しんで》

「さっきまでの自殺志願者に何言ってんの」

《ははは。ダンジョン攻略してれば嫌でも死にかけるんだ。この程度はカウントにすら入らんよ》

「……そうか？」

《ああ。だから、楽しまなきゃ損だ》

……そういうもの、だろうか。

気が付けば止んでいる雨の中を、ハヤトはゆっくり帰路へとついた。

誰の返事も帰ってこない家に帰ると、とりあえず濡れた服を脱ごうとして……。

「ただいまー」

「こっち見んの止めて」

ニタニタと笑いながらこちらを見つめるヘキサと目が合った。

《恥ずかしがるもんでもないだろ》

「……いや、恥ずかしいし」

《分かったよ。向こう向いててやるよ》

そう言ってヘキサがハヤトに背を向けたので、さっさと服を脱いで洗濯籠に入れた。洗濯物が溜まってきている。そろそろコインランドリーに行かなきゃ。

《明かりはつけないのか？》

暗いままに部屋の中央に座ったハヤトにヘキサが尋ねる。

「電気は契約してない」

《……は？》

「金がないからさ」

《どうやって生活してるんだ……？》

ため息をついて、ヘキサは次第に闇に順応してきた瞳で部屋を見渡した。

《それにしても……狭い部屋だな》

「家賃が安いんだよ」

《それにボロい》

「……安いんだよ」

《幾らなんだ？》

「１万２０００円」

《……そ、そうか》

部屋の大きさ、五畳半。風呂トイレ一緒。ガスコンロ一つに小さいシンクが一つ。洗面所なんて気の利いた物があるはずもなく……。

《それにしても安いな。ここ、ダンジョンまでどれくらいだ？》
「聞いて驚(おどろ)け。自転車で五分だ」
胸を張って答えるハヤト。ここを見つけるのにはひどく苦労したのである。何しろ保証人なしで借りられる所から探し始めたのだから。
《駅までは》
「三分」
《コンビニもスーパーも近くにあるみたいだし……。お前、まさかここ》
「ああ、事故物件だ」
《……正気か？》
「なんだお前、宇宙人のくせに幽霊(ゆうれい)が怖(こわ)いの？」
《いや。でも、事故物件にしても安いな……》
「うん。だって、ここに住んだ奴五人連続で自殺してるからな。ん？　俺も入れたら六人か？」
《…………》
信じられない、といった顔でハヤトをにらむヘキサ。
「どした？」

《やっぱり、絶対なんかあるだろ！　嫌だぞ私はこんな所！》
「こんな所ってなんだよ！　これでも住めば都だぞ！」
《…………まあ、苦汁を飲んで一晩くらいは我慢してやる。ていうか、意外とお前、綺麗好きなんだな……》
「綺麗好きっていうか、なんにもないからな……」
彼の部屋にあるのは三着の着替えと、使いこまれた短剣。そしてポーチとボロボロになった防具。家具はぺらっぺらの布団だけ。食器類も見受けられない。
《食事は？》
「その……ダンジョンで……」
《モンスター食べてるのか》
「……金が無くても腹は減るからな」
モンスターは倒したあと、黒い霧となって消えていく。そして、後にドロップアイテムだけが残るというわけだが、それは翻すと生きている間は消えないというわけだ。
《食べられるか？》
「スライムが一番美味い。いや、味がないから不味いのか？」
最初は魚の腐ったような臭いがしてまともに食べられた物じゃなかった。モンスターの中には美味い物もあるかもと様々なモンスターを食したが、そのどれもヘドロのような臭い。卵の腐った臭い。どれもこれもえずくような臭いばかりだった。
その中で唯一、まともに食べられたのがスライムだった。動き回るスライムを捕まえて、飲み干す。それがハヤトのまともな食事である。
《ハヤト……お前……》
「だって、食費が浮くんだもん……」
《…………いや、流石に……》
モンスターの中には肉を落とすものもいる。いるにはいるが、彼一人で倒せるようなものではない。
「あ、そうだ。雨水」
《……は？》
ハヤトは颯爽とベランダに出ると、屋根についている雨樋に無断で開けた穴から流れてきた雨水をためているバケツを手に取った。
《…………それは？》
「雨水だけど」
《いや、それは見れば分かるが……》

「雨水溜めたら片付けておかないと。盗まれるかもしれないだろ？」

《……雨水を盗む奴は……いないと思うぞ……》

ハヤトは上半身裸のまま、それをろ過器にかけていく。

《お前、それを飲む気かッ！》

「いや、沸騰処理もしてないのに飲むわけないだろ……。これは身体を拭く用だって」

常識だろ？　といった感じの目で見られて少しだけヘキサはイラッとした。

《……信じられん》

「そうだ、お腹すいてないか？　パンの耳があるぞ。俺も流石にモンスターばっかり喰うわけにもいかないからな」

《……今の私は思念体だから食事はいらない》

「そうか。なら、遠慮なく」

そう言って旨そうにパンの耳を頬張るハヤトを見て、早くなんとかしなければと決意を固めるヘキサ。

《ハヤト、洗濯も雨水でやってるのか？》

「去年はやってたけど匂いが取れないから今はコインランドリーでやってるよ。洗濯にかける時間も無いしな」

《そ、そうか……》

安心していいのか、それとも困惑していいのか分からず硬直するヘキサ。

「あぁ、そうだ。ダンジョンに潜れとか言ってたけど、俺はダンジョンに入れないぜ？」

《うん？　探索者証は持ってるだろ？》

ダンジョンに潜るときに、探索者証は必須である。この世界の常識を持ちだしてきたヘキサに、

「あぁ。けど、潜るときにはそれに追加で治癒ポーションがいるんだ。けど、俺は今持ってないから。それに買う金も……」

《いや、それ実際に確かめられるわけじゃないはずだ。確認と言っても口だけのはずだが》

ヘキサは地球に来る際に確認してきた常識を持ち出す。かつては一人一人治癒ポーションを持っているかどうか確認していたギルドだったが、探索者の数が増えすぎた昨今、もはやそのルールは形骸化し、口頭確認だけになっている。

「おいおい。ルールはルールだぜ」

《なんで変なところで真面目なんだお前は……。別に嘘ついたっていいだろ、それ》

「……え？」

《おい、まさか思いつかなかったのか》

「…………」

《まさか、そんなことも思いつかずに死のうとしてたんじゃないだろうな》

「…………風呂に行く」

《おい、ハヤト》

風呂と言ってもろ過した雨水で身体を拭くだけなのだが。

勿論、それだけでは綺麗にならないので一週間に一度、近くの銭湯に出向いて身体を徹底的に綺麗にするのだ。

しかし、今日は銭湯に行く日ではないので、ハヤトは雨水でささっと拭いた。適度に身体を清めて、もう遅いからと布団にもぐりこむ。

「悪いが、ダンジョンは明日からにさせてくれ……」

《ああ、それは別に良いが……》

「なぁ……ヘキサ…………」

日が出るとともに起きて、沈むと共に寝ているハヤトにとって午後十時を回った今は既に寝ているはずの時間だ。布団に入るとすぐに睡魔が襲ってきた。

《……どうした？》

「俺を……選んでくれて……ありがとう…………」

《あぁ》

ヘキサは隕石がハヤトを貫いた瞬間に、彼の記憶を覗き見ている。故に、彼が他人にどういう風に扱われてきたかも知っている。

だから、彼のその言葉は本音だったのだろう。

《案外可愛いところもあるじゃないか》

そう言ってほほ笑むヘキサだが、肝心のハヤトはぐっすり睡魔に呑まれているのだった。

第2章 ✦ ダンジョンに潜る探索者

「ふぁあ。よく寝た」

ハヤトは立ち上がって身体を伸ばした。カーテンの無い部屋に直射日光が差し込んでチリチリと皮膚をくすぐる。日の出とともに起きるのはとても気持ちが良い。

《んにゃ……。……ん、朝か》

ハヤトの隣で浮いたまま寝ていたヘキサが目を覚ます。……思念体って寝るんだ。

「ちょい待ってろ。すぐ支度する」

《分かった》

彼はろ過した水を溜めているバケツの水をちょびちょびと使って顔を洗うと口をゆすいだ。その後、ボロボロになった防具を着込んで、腰にポーチを付けるとベルトに短剣をしまい込む。

《武器はいらんぞ》

「……ん。スキルか？」

《あぁ。お前のアクティブスキルである『武器創造』は任意の武器を生み出せるスキルだ。だからその分、装備を軽くすることができる》

「でも、入るときに武器が無かったら、面倒なことになるぞ？」

《それもそうか》

「じゃ、行くか」

時刻は朝の六時。残暑激しい太陽光がキラキラと水たまりに反射して煌めいた。

《おいおい、油くらいさせよ》

まだ車通りも少ない道をギコギコと自転車が悲鳴を上げながら進んでいく。時折サビがはがれると地面をわずかに汚していった。

「大家さんに借りてるもんだから、あんまり弄るのも良くないかなと思って」

《いや、油を買う金がないだけだろ》

事実だから何も言えない。

自転車を漕ぐこと五分。夜通しモンスターを狩っていた探索者たちとすれ違いながら、目的地へとたどり着いた。

《ここが、ギルドか》

「昔は学校だったんだってよ」

ハヤトたちはダンジョンを覆うようにして作られている真白な建物を見た。

七カ国に産み出されたダンジョンの入り口は様々だが、その中でも日本は一際不幸な事故と共に生まれた。ダンジョンを産み出した隕石は、なんと授業中の学校に激突したのだ。

全校生徒六百五十名。教職員合わせて七百名近い人間がダンジョン生成と共に行方不明になった。生成されたダンジョンに巻き込まれただの、隕石の衝突で亡くなっただの好き勝手に囁かれているが、何が本当のことなのか誰も知らない。

自衛隊、レスキュー隊による捜索も行われたが手掛かりは一つとして見つからなかった。

結果、その学校は廃校になり、日本探索者支援機構がその土地を譲り受けその上に建物を新設した。ドロップアイテムの売買、食堂、シャワー施設、更衣室。あるいは武器、防具のメンテナンス施設。探索者を支援するための建物だ。

そして探索者たちは、その建物のことも〝ギルド〟と呼んでいる。誰が言い出したのか分からないが、日本探索者支援機構だの、『ＪＥＳＯ』だのよりも親しみやすいということで、愛称としてギルドの名称を使っている。余談だが、公式もそれに乗っかっている。

また、ギルドは探索者の殉職率を下げるため、ダンジョンに入る際には必ずギルドを通してダンジョン内に入るシステムを作った。ＩＣチップの搭載された探索者証が、探索者の出入りを管理し、連絡もなく三日以上ダンジョンから出てこない場合は救援隊がダンジョンへと入るようにしたのだ。

ギルドの中に入ると、十数人の探索者たちがダンジョンに入るための入場処理をしていた。ハヤトはいつもの受付のところに向かう。

「こんちはー」

「ハヤトさん。おはようございます」

いつもこの時間にいる受付嬢さん。三枝咲、二十四歳。

ハヤトからすれば姉のような女性である。しっかりしていて、周りの同僚からよく頼られているのを彼は見ていた。だからだろうか、美男美女揃いの受付の中でもトップを誇る人気だ。ちなみに慶應卒らしい。

「昨日は4層でモンスタートレインに巻き込まれたと聞きましたが、大丈夫でしたか？」

「なんとか逃げ切りましたよ」

ははは、と笑って流すハヤト。ここでポーションを使いましたなんて言おうものなら、この後、絶対に面倒なことになる。何しろ咲はハヤトが治癒ポーションを一つしか持っていないことをよく知っているのだから。

「今日はどこまで潜られますか？」

「3までで。時間はいつも通りに帰ってきます」

「分かりました。では、探索者証(ライセンス)を」

ハヤトは近くにあるリーダーに探索者証(ライセンス)を読み込ませる。これでハヤトが失踪(しっそう)すると、3層を中心に捜索が行われることになるのだ。命の最終セーフネットである。

「治癒ポーションは持たれていますか？」

「はい」

そう言ってハヤトはポーチを叩いた。それを見て、咲はにこりと笑うと。

「では、いってらっしゃいませ」

「はい。行ってきます！」

「ああ、そうだ。ハヤトさん」

いつもなら、そこで終わり。そのはずなのだが、急に呼び止められたハヤトの心臓が大きく高鳴った。

……バレたか？

ハヤトがそう認識した瞬間、

〝【幻覚(げんかく)】スキルをインストールします〟

〝インストールしました〟

スキルインストールが、勝手にスキルをハヤトの身体にインストールした。

待て待て、もう少しだけ様子を見てから……。

「昨日、衆人環視の中で治癒スキルを使った探索者さんがいるらしいですよ。勇気ありますよねぇ」

ハヤトが冷や汗を垂らしているとは露知らず、咲は世間話を振ってきた。

「そ、そうですね……」

やっべ。普通に忘れてた。俺もしかしたら捕まるかも……。

咲の振ってきた世間話で、さらに冷や汗が加速するハヤト。背中はもはや滝である。

《おいおい、それこそ【幻覚】スキルでなんとかなるだろ》

（あんまり、警察相手にスキルを使うのもなぁ……）

《だからなんでお前はそういうところで真面目なんだ……》

「使ったのはハヤトさんじゃないと思いますけど、くれぐれも外でスキルを使わないこと！」

そう言ってピシッとした姿勢を取る咲さん。けど、その愛らしさに思わず笑ってしまった。

「大丈夫ですよ。安心してください」

「はい、私はハヤトさんを信じてます。それでは、行ってらっしゃい」

ハヤトは礼をして、探索者証(ライセンス)を胸にかけた。それはぱっと見ではシルバーアクセサリーのように見える。だが、それはただのアクセサリーではない。入場チェックだけではなくダンジョン内で身元がわからないほどぐちゃぐちゃになって死んだ時、探索者の身元確認(ドッグタグ)としても機能するのだ。故(ゆえ)にそこにはハヤトの名前が彫(ほ)られている。

（人を騙(だま)すってのは、気乗りしないなぁ……）

《嘘ついても向こうが死ぬわけじゃないし、そう気にするな》

ギルドの奥(おく)に進むと、明らかに地球文明の物ではない謎の岩石で作られたアーチが見えてきた。この世のどこにも存在しない文字が刻まれたそれは、言語学者が解読しようとしているが手掛かりが無さ過ぎて一向に進まないらしい。

アーチをくぐって中に入ると、三メートル四方の立方体の部屋へたどり着く。その中心には、地面から生えるようにしてダイヤモンドのように輝(かがや)く一つの宝珠(ほうじゅ)がある。

どういう理屈(りくつ)か知らないが、それを触(さわ)ると同時にダンジョン内に転移する。そして、一度訪れたことのある階層へ任意に飛ぶことが可能になる。だが、逆に言えばこの宝珠に触(ふ)れない限り、ダンジョンの中には転移できない。

ハヤトはそれに手を触れると、3階層と念じた。ぱっと、視界が黒く染まる。

目を開けると、レンガでできた迷路(めいろ)の中にいた。嫌というほど見てきた3階層の風景だ。

日本のダンジョンは5層まで同じ風景が広がっていると言われている。だから、1階層も、2階層も同じ風景だ。6階層まで潜ればファンタジー溢れる世界が広がっていると聞いたことがあったが、ハヤトは6層まで行ったことがないので、伝聞でしか知らないのだ。

「……やるか」

《では、私がお前にスキルを使った戦い方をレクチャーしてやろう》

「頼んだ」

《簡単な三つのステップだ。まず一つ目は【武器創造】で、武器を作れ》

この階層はゴブリン、コボルトの中位種が主なモンスターだ。いわゆる、職業持ちという奴らのことである。

モンスターは良いよなぁ。学歴無くても働けるんだから。

《おい聞いてるか？》

「あ、あぁ……。どうやりゃ良いんだ？」

《手を前に突き出して、お前が使いたい武器を創造しろ》

「分かった」

手慣れているのは短剣。最初にやるには一番良いだろう。そう思ってハヤトは目を瞑り、目の前に短剣をイメージした。

新しくて、切れ味が良くて、刃が光を反射するような……。

その瞬間、ハヤトの目の前で空間が捻じ曲がると、ぞっとするような気配と共に短剣が手元に収まった。

《へえ、初っ端から「AGI＋1.2補正」の武器を造るのか。ハヤト、お前才能あるよ》

「ほ、ほんとか」

生まれて初めて言われたその言葉に気分が高揚するハヤト。

《ああ、次は『スキルインストール』に身を任せろ》

「分かった」

〝【身体強化Lv3】【心眼】【流離】をインストールします〟

〝インストールしました〟

《そして最後に闘う。どうだ？　簡単だろ》

ヘキサがそう言った瞬間、ちょうどタイミングを合わせたように『ゴブリン・ファイター』が二体、『ゴブリン・ソーサラー』一体のパーティーと出会った。

「……ッ！」

ハヤトは伊達に二年間も探索者をやっていない。単独でパーティーと出会った時の対処法は頭の中に叩き込まれている。この場合、まず撃破すべきはゴブリン・ソーサラー。

なるべく早く遠距離攻撃持ちを撃破して、その後ゴブリン・ファイターたちを各個撃破する流れが最も王道だ。

そう考えた時には身体が動いていた。

「強化」

みしり、とハヤトの身体が音を立てて【身体強化Ｌｖ３】が発動。レンガの地面を踏みしめて跳躍。だが、ゴブリン・ソーサラーを守ろうとするゴブリン・ファイターたちはハヤトに向かって戦闘態勢。

鍛え抜かれた拳が子供くらいの背丈から放たれる。だが、それは。

「【流離】っ！」

ぬるり、と傍から見るものはそんな擬音語を聞こえずして聞いただろう。ゴブリン・ファイターの拳はハヤトの身体をかすりもせずに空を切る。

想定したより敵の接近が早かったゴブリン・ソーサラーの顔が驚愕に染まる。

その瞬間、ハヤトの両目がうずくと視界が暗転。ゴブリン・ソーサラーの急所が明るく光った。

……【心眼】だ。

そのまま短剣で貫くと一撃で絶命。黒い霧と共にドロップアイテムである『ゴブリン・

ソーサラーの魔石『ませき』を落とした。

「……ふっ」

短く息を吐いて宙を舞う。【流離】のスキルによって身体が自動的に動いたのだ。すると、ヒュパッと空気を切り裂く音と共に今までハヤトがいた場所をゴブリン・ファイターの拳が通過する。

モンスターが何かのスキルを使ったのだ。もし避けていなければ致命傷を負っていただろう。そう思うと、ぞっとする。普通なら、敵の主戦力を落とした後は各個撃破をするために都合の良い地形に移動するのだが。

「いけるッ!」

踏み込むと、【心眼】で見抜いたゴブリン・ファイターの弱点である首を短剣で突いた。

「ゴガッ」

変な声を上げ、絶命。残るは一匹。

「ギャア!」

仲間たちが為す術もなく殺されたゴブリン・ファイターはハヤトに背を向けて逃げ出した。

〝【流離】を排出〟

〝【投擲Ｌｖ１】をインストールします〟

〝インストールしました〟

そして彼は短剣を投げた。ハヤトは生まれて一度として投擲の訓練をしたことはない。

しかしハヤトが投げた短剣は、一直線に進むとゴブリン・ファイターの心臓を貫いて絶命させ、黒い霧と共に霧散した。

《私が見抜いた通りだ。やっぱお前、攻略者に向いてるぞ！　ハヤトっ！》

「……俺がゴブリンたちを一瞬で」

普通、あの組み合わせを無傷で相手しようと思うと準備も含めて二時間はかかる相手だ。

それを、一瞬で。

《お前は状況把握能力が高いんだ。探索者を二年間やってきた甲斐があったな》

「……無駄じゃなかったのか」

ずっと、意味のない毎日だと思っていた。

ずっと、無価値な人生だと思っていた。

だが、

《ああ、お前の努力は実を結んだんだ》

「無駄じゃなかったんだな」

そう言って、目に涙を浮かべるハヤトをヘキサは優しい目で見つめていた。

「お疲れ様です。少し早かったですね」

時間は夕刻。もう少しすれば、ダンジョンから上がってくる探索者たちでギルドが騒がしくなる頃合いだ。ハヤトは他の探索者より一、二時間ほど早い時間帯で動いているため、いつも混雑に巻き込まれなくて済んでいる。

「今日は少し調子が良くて」

「では、売却素材を置いてください」

ギルドは日本探索者支援機構の名の通り、探索者の支援機構だ。企業と提携している探索者は直接企業に素材を売却できるが、全ての探索者が同じように素材の取引を諸企業とできるわけではない。そのためギルドは企業と提携できないハヤトのような探索者たちから、幾ばくかの手数料を差し引いて素材を然るべき企業へ売るという仲介事業を行ってくれているのだ。

ハヤトはポーチから様々なドロップアイテムを取り出してカウンターに置いていく。

「ゴブリン・ソーサラーに、ゴブリン・ファイターの魔石ですね。えっ、コボルト・リーダーの魔石まで……？　いったいどうしたんですか。ハヤトさん」

「その……調子が良くて」

「では大きさと重さを測定しますね」

魔石は様々な用途がある。医薬品、工業品、そして発電施設の燃料。今の文明にとって、魔石は切っても切れない関係に成りつつある。

咲はハヤトから魔石を預かると、測定機にかける。

「はい、結果でました。手数料を引いて７４２６円です」

ゴブリン・ファイターの魔石が大体５００円くらいだ。

「なっ、７０００円も……」

「ええ、凄いですね。ハヤトさん、今までで一日最大で幾らでしたっけ？」

「……３０００円とかです」

「じゃあ一気に倍近く稼いだわけですね。凄いじゃないですか」

「７０００円って俺の一年分の食費じゃないか……」

《えっ、あぁ。そういう計算するんだ。……ん？　じゃあ、一か月の食費が６００円弱……？》

　ヘキサは自分が地球に来るまでに覚えてきた常識と照らし合わせて、彼の言っていることを一瞬疑ってしまった。あの生活を見た後なら、その言葉が真実だと思わざるを得ない。

「またまた〜。ハヤトさんは冗談（じょうだん）がお上手ですね」

「はははっ。そうですかね」

《何を笑ってるんだ、ハヤト……》

ドン引きしながら手続きを見つめるヘキサ。

現金がハヤトの口座に振り込まれた後、彼は探索者証（ライセンス）をリーダーに読み込ませた。ピッ、と心地（ここち）よい電子音と共にダンジョンからの退出が認められる。

それだけではない。これで彼にはポイントが付与（ふよ）されるのだ。ハヤトは今、Ｄランク探索者。ポイントを稼ぐことでランクと、そしてランキングが上昇（じょうしょう）する。

国際探索者支援機構（IESO）が定めるこの『世界探索者ランキング（WER）』は、全ての探索者が属している。それは半年に一度更新（こうしん）され、世の中の全ての探索者の指針となり、また企業にとっても有力株の掘（ほ）り出し指針となるのだ。

ちなみにハヤトのランキングは３４８７４６位。下位二十五パーセントという雑魚（ざこ）も雑魚の位置である。

「これで少しはランキングも良くなりますかね」

「ふふっ。なると良いですね」

上位数千位以内に入ると、企業から広告の打診（だしん）が来る。そうなれば、生活もかなり安定するのだが。

《おいおい、生活の安定なんてつまらないこと考えるなよ》

　ふと、ヘキサが笑った。

《お前の目標は、ダンジョンの踏破。そうだろう？》

（……まだ、決めたわけじゃない）

《ははっ。まあ、嫌でも向かうことになるよ。ダンジョンにな》

（…………）

　それにハヤトは何も言わなかったが、少しして視線を上げた。

「あの、咲さん」

「はい、どうかされましたか？」

「もし、もしもですよ？　ダンジョンをこのまま放っておいたら、地球が滅ぶ……ってことになったらどうします？」

　ハヤトはヘキサから聞いたことを、恐る恐る咲に尋ねる。だが、彼女はハヤトの問いに首を傾げた。

「ハヤトさん、変なものでも食べました？」

「い、いや。もしもの話ですよ」

「そういうオカルト的な話も聞かないわけじゃないですけどね。ただ、ハヤトさん。ダンジョンがどうやったら地球を滅ぼせるんですか」

「そ、そうですよね……」

しかし、咲からはまっすぐ返される。ハヤトは思わず恨みがましくヘキサを見た。

《そりゃハヤト。お前の信用度が低いよ》

（信用度って……）

《冷静になって考えてみろ。お前のようなずっと低階層にいて、いつかふらっと消えてしまうようなやつが「ダンジョンは地球を滅ぼす」なんて言ってみろ。誰も信用なんてしてくれないに決まってるだろ》

（そりゃ、そうだけど……）

ハヤトは夜にダンジョンへと潜る夜行性の探索者たちと入れ替わるようにして、ギルドを後にした。

（……本当に、地球は滅びるのか？）

《このまま放っておけばな》

ヘキサの瞳は、何一つとして動かない。そこには、確信だけがあった。

《でも、大丈夫だ。お前がいる》

（……良いよ、その話は）

ハヤトはそう言うと、来るときも使ったボロい自転車にまたがって漕ぎ始めた。

《家に帰るのか？》

「いや、ちょっとニュースを見ていこうかなって」

《ニュース？》

ヘキサは首を傾げる。ニュースと言っても、ハヤトは電子デバイスを持っていないし、家にテレビは無い。だからと言って彼の家には新聞を買っている形跡もなかった。

それなら、いったいどこに……？　と、ヘキサがそんなことを考えていると、ハヤトは露ほども考えず、ギコギコと音を立てて自転車を漕ぐ。今にも沈みそうな太陽がまぶしい。

《おい。どこに行くんだ？》

「家電量販店」

《……は？》

そう言い、道路脇にある家電量販店へとハンドルを切って駐輪場に自転車を止めると慣れた足取りで店内を進み、テレビコーナーへと足を進める。

《お前、まさか……》

ハヤトはテレビコーナーの前で立ち止まると、さもテレビを物色するかのような表情で夕方のニュースを見始めた。

《せこっ！》

（節約術と言ってくれ）

午後のニュースと言っても家電量販店で流れているのはワイドショーだ。事件だけでなく、芸能関係やゴシップまで幅広くやっている。

『今日のゲストは、なんとあのアイドルクラン『戦乙女's』の方々が来てくださいました！』

司会がそう言うと、五人の少女たちが入ってくる。

《クラン？》

キャスターの言葉に疑問を覚えたヘキサがぽつりと口にだした。

（常識は覚えてきたんじゃなかったのか？）

《いや、概念自体は知ってるが……》

仕方がないので、ハヤトがヘキサに説明した。

クランとは、探索者たちが力を合わせてダンジョンを攻略するために作られた一つのグループである。探索者だけで作られた企業と言っても良い。攻略する者、情報を集める者、装備を集める者、様々な役職に分かれてダンジョンを攻略していく。海外には数千人も探索者が在籍するクランがあるとかないとか……。

《あの戦乙女'sは？》

（さっき言われた通り、アイドルと探索者の両方やってる人たちだよ。全員去年から始めたのにBランク探索者なんだってさ。……ははっ。笑っちまうよな）

《僻むな僻むな。去年から始めたってのにもう前線攻略者なのか。凄いな》

前線攻略者とは文字通り、ダンジョン内において攻略最前線を行く者たちである。並々ならぬ危険と共に、莫大な報酬が約束される探索者たちの花形だ。

（なんでも『これはイケる』と思った事務所の社長が金に物を言わせてスキルオーブとか装備とか買いあさったらしいぞ？　でもそのおかげで、今じゃあ時の人。いや、時の人たちって言ったほうが良いのかもな）

《いくら物を与えられても、結局のところは自分の力だろうさ。へぇ、小娘ばかりだと思ってたが、案外骨のあるやつらなのかもな。お前と一緒で》

（…………へへへ……）

そう言って顔を赤らめるハヤト。

もしかしてコイツ、チョロいのではないかと思い始めるヘキサ。

テレビによるとなんでもそろそろ二枚目のアルバムを出すとかで、

（こんなに近いのに雲の上の世界みたいだ）

ワイドショーに出ている『戦乙女's』の攻略情報を見ながら、ポツリとハヤトはそう思った。探索者ということは、ハヤトと同じようにダンジョンに潜って戦っているということだ。けれど、テレビに映っている少女たちは人々の憧れ。二年間も三層で燻っているようなハヤトとは天と地ほどの差がある。

《大丈夫。お前ならいけるさ》

しかし、ヘキサは思念体のままハヤトの肩を叩いた。

（そうかな）

《そうだとも》

（へへっ……）

《だが、それよりも》

（ん？）

《お前はもう少し普通の生活を送ることを意識したほうが良いな》

（……………宇宙人にそれを言われんの？）

ハヤトの問いかけに、ふんとヘキサは鼻を鳴らした。

翌日、第３階層。

初心者が強くなるためにトレーニングをするには低すぎるが、初心者が1層からの流れで挑むには強すぎるという微妙な階層。そこに一人。全身をボロボロの防具で覆った少年が立っていた。

昨日、一日あたり7500円近くも稼ぐという、本人にとっては素晴らしい快挙を成し遂げたハヤトは、引き続いて第3層で狩りをしていた。

「俺は【スキルインストール】と、【武器創造】でどこまでできるのかを知りたい」

《自分のできる限界を知っておくことは大事だ》

その言葉に、うんうんと頷くヘキサ。

「だが【スキルインストール】の方はパッシブスキルだから、自分で好きなように検証できないっ！」

《まあ、そうだな》

「ということは、必然的に【武器創造】しか検証できないというわけだっ！」

《その通りだと思うが、そんな大声だして言うことか？》

「気合入れてんだよ」

時刻は午前五時五十分。多くの探索者たちはまだ、ベッドの中にいる時間帯だ。

今が最もダンジョン内に人口が少ない時間帯といえるだろう。

「けどな、今まで俺は、【武器創造】というスキル名を聞いたことが無い」

《だろうな。多分だが、この星でも高階層で落ちるスキルオーブでしか手に入らないスキルだと思うぞ》

「だが、スキルにレベルが付いてないから想像力でなんとかなるタイプのスキルだと思ったわけだ」

《あながち間違（まちが）いではないけど、その程度は誰でも思いつくな》

「もっと優しくしてくれ」

スキルを分類するときにまず使われるのは、それが任意的（アクティブ）か、自動的（パッシブ）かだ。しかし、それだけではなくレベル付きかレベル無しかで分けることもある。

そもそも、スキルとは科学で説明できないような不可思議極（きわ）まる現象をこの世界に起こすものの総称（そうしょう）だ。ダンジョンが発生すると共に、世界各国でスキルの科学的検証が行われたが、未（いま）だに原理も理論も一切（いっさい）不明。

『そういうもの』として扱うほかないという結論が下されるほど、ブラックボックスなわけなのだ。

では、そんなブラックボックスに形を灯（とも）しているのはなんなのか。それは、人間の想像力である。例えば、【炎魔法（ほのおまほう）Ｌｖ１】で使える『ファイヤ・ボール』は文字通りの火球だが、それをまっすぐ矢のようにして放てば、『ファイヤ・アロー』となる。

両者は本質的に同じものだ。しかし、そこに人間の想像力が加わったためにファイヤ・ボールは範囲制圧に優れ、ファイヤ・アローは貫通力に優れるようになるのである。

そしてそれは、レベル無しのスキルにおいてより顕著に現れる。

例えば、昨日ハヤトが【武器創造】で生み出した短剣は、切れ味を意識したおかげか普通の短剣よりも切れ味の鋭い物ができていた。もしあれを、もっとリーチを優先するように想像していれば、長剣になっていただろう。

「つまりだ。誰にも負けない最強の剣を想像することができれば、俺は最強になれるというわけなんだっ！」

《いや、それはできんぞ》

ぞっとするほど美しい顔で、ひどくラフにヘキサが言った。

「なにっ⁉」

《当たり前だろ。ハヤト、お前自分のレベルがいまどれくらいか分かってんのか？》

「レベル？　ステータスの話か？」

《この星のステータスにレベルは無いだろう。そっちじゃない。お前が、持つにふさわしい剣のレベルだ》

「剣のレベル？　何を言ってるんだ、ヘキサ。剣は道具だぞ」
ステータスが存在するのは、生物だけだ。無機質である剣にステータスがあるわけがない。
《何だ、お前知らないのか？　高位の武器は、武器が持ち主を選ぶんだぞ》
「え、初耳なんだけど……」
《そりゃこんな大量消費社会じゃな》
「それ関係あんの？」
《ある。一つの道具を使い続けないから、道具が鍛えられない。だから、誰でも使えるような低位の武器しか巷に溢れない。だが、ダンジョンと【武器創造】は違う。そいつは、どんな高位の武器だって作り出せる。お前だって、魔剣や聖剣の類の話は聞いたことがあるだろう。ただ、【武器創造】スキルで作れるのは、お前の強さがそれに見合うようになったら、だ》
魔剣。あるいは聖剣。
それはダンジョン内から見つかる武器の中でも最高峰に位置する武器のことを指す。噂によると、過去の魔剣の取引では最低価格で数十億。中には数兆という金が動いたこともあるらしい。いわゆる都市伝説のようなものだ。なんでも、魔剣の中には武器なのに生きているものもあるとかないとか。そんな信じられないような噂がいつまで経っても途絶えないような代物が、魔剣や聖剣なのだ。
だがハヤトが手にしているスキルは【武器創造】なんて御大層な名前が付いているのだ。彼がそれらの武器を生み出せると思っていたとしてもおかしくないだろう。
「は？　【武器創造】なんて名前がついてるのに、自由に武器は生み出せないわけ？」
《そういうことになるな》
しかし、世の中そう甘くはないのである。ハヤトは落胆した。
「ゴミじゃん……」
《ゴミとはなんだ！　一番使える可能性を秘めてるんだぞ！　頭を使え！》
「んあ……」
ハヤトはヘキサから怒られて、ぬるい声を上げた。
《全く。馬鹿なこと言ってないで、まずは基礎練だ。アホ》
「……チェッ」
《【武器創造】はな、具体的にイメージすることが大切なんだ》
ハヤトはまっすぐ掌を突き出すと、目を瞑って目の前に一本の剣を想像した。長さは一メートル五十センチ程度。迷路の中でも取り廻しが利くように、あえて短く。

目を開ける。ぐるりと世界がねじ曲がり、ハヤトの手元に一本の長剣が出現した。

《大体八秒。とてもじゃないけど、実戦じゃ使えないな。もっと自然に、息を吐くようにして武器を産み出せ。とりあえず、今日の訓練はそれにしよう》

「分かった」

《あとはどの状況でどの武器を使うのかの判断、だな。一つを極めても良いが、二年間単独で探索者をやり続けてきたお前は状況判断能力に優れてるだろう？》

「自慢じゃないけど、パーティーでやってる奴よりは、な」

それも当然だ。索敵、罠の用意、敵との戦闘方法、撤退のタイミング。

単独攻略は誰にも頼ることができないから。

《だから、お前には常に有利が取れる【武器創造】のスキルが良いと思った。だけど、どの敵にどの武器を使うかという訓練は後でも良いだろう。とにかく今日は全ての武器に慣れること。武器を呼吸するように産み出せるようになること。それを煮詰めていこう》

「うす！　お願いします！　師匠！」

《キモイから二度と私を師匠と呼ぶな》

「うす！　了解したであります！　師匠！」

《……お前さぁ》

口はふざけているがハヤトは真面目にヘキサからのアドバイスを受け取っている。ひとまず、目の前に現れた『ゴブリン・ソードマン』二体と『ゴブリン・ランサー』二体の混成パーティーにあたることにした。

　ヘキサと出会う前では十分な備えがないときには速攻逃げ出していた相手だったが、今はどこまで通用するだろうか。

〝【心眼】【剣の心得】【踏み込み強化】をインストールします〟

〝インストール完了〟

　その文字が消えると同時にハヤトは踏み込んだ。

　スキルインストールの影響だろう。インストールされたスキルは一度も見たことがないスキルでも、どんなスキルでどのような使い方をすれば良いのかが分かる。

【剣の心得】は今まで一度も剣を触ったことの無いハヤトの手に剣を馴染ませるパッシブスキル。これがあるだけで初心者に毛の生えた者よりはマシな扱いができるだろう。習うより慣れろといったスキルだ。

【踏み込み強化】は任意のタイミングで踏み込みを強化するアクティブスキルだ。これを使うことで槍の一撃を強化できる。使うときに踏み込んだ足を保護してくれるのもポイントが高い。

【心眼】は相手の弱点を見せてくれる便利なパッシブスキルだ。敵の三メートル以内に入ると自動的に視界に弱点が表示される。というかこれ、最重要スキルなんじゃなかろうか。

瞬く間にハヤトは四体のゴブリンを屠った。

……すごい。まるで生まれ変わったみたいだ。

「けど、なんだかなぁ……」

《どした》

「真面目にやってる他の探索者に対して、ズルしてるみたいで気後れするんだよ」

《なーんでそういうところで真面目を出しちゃうかな。良いんだよ。他の企業に就いてる探索者たちも金に物言わせて同じことやってんだから》

「そうか……。くっそー良いよなぁ、金持ちは。俺も金持ちになりたいぜ」

ハヤトは落ちている魔石を拾いながら、ふと気になったことを尋ねた。

「そういえば、元々俺が持ってたスキルってどうなったんだ?」

元々、彼は三つのスキルを持っていた。二つは自分でスキルオーブを見つけたのだが、残る一つは少ない収入をやりくりして購入したものだ。

だが、新しいスキルを入手した後のステータスでは、そのスキルは跡形もなく消え去っていた。

《ん？　あぁ、消えたぞ》
「…………は？」
《だって言っただろ。容量(メモリ)食うって》
「お前ッ！　あのスキルオーブを買うために俺がいったいいくら貯金したと思ってんだ！」
《あぁ？　そんなこと言ったって、どうせ大した額じゃないだろ？　お前のことだからせいぜい数万円……》
「そうだよっ！　【索敵】スキル、３万円だぞ！」
《ははは。３万ごときで何をそんなに言ってんだ》
「普通(ふつう)に買ったら３００万は下らないのっ！」
《…………は？》
「不要なスキルオーブはギルドが管理するオークションにかけられるんだけど、【索敵】スキルは今まで一度たりとも３００万を切ったことの無い希少なオーブなのっ！　それをなんとか賭(か)けに勝って３万で手に入れたんだよっ！」
《……結局、３万しか払(はら)ってないじゃん…………》
「賭け金無いから内臓まで賭けたってのに」
《…………どんな賭けだよ》

「あんまり大きな声じゃ言えないやつ」

《なんでお前がそんな賭場に入れるんだよ》

「いや、運が良くってさ。普通は入る時に入場料がいるんだけど、たまたまレアアイテムが出たからそれを使って入って……。まぁ、スキルオーブしか手に入らなかったんだけど」

《それで生活すればよかったんじゃないのか？》

「ギャンブルで生計立てようとするとか正気か？」

《……ハヤト、お前ってたまに正論言うよな》

「たまに？」

そんな馬鹿話をしながら、二人はダンジョンの奥へと進んでいった。

「に、にまんさんぜんえん……」

ハヤトは目の前に表示された金額を五回ほど読み直して、息をのんだ。

「はい！　昨日に続いて最高記録更新ですね！　凄いじゃないですか」

「えっ、あの、これって、夢じゃないですよね……」

「もっと自信もってください!!」

「……俺が、１万円の壁を越えられるとは……」

一日あたり1万円を稼げるようになれば、探索者としてまずまずといったレベルだ。週休二日を取ったとしても一か月あたりの収入は20万。十分暮らしていけるだけの収入となるからである。

そんな中、今日ハヤトが稼いだのは2万とちょっと。それだけ稼げれば、完全週休二日制を取っても40万の収入だ。

「これでダンジョン退出処理は終わりです。今日も一日、お疲れさまでした！」

「は、はい。お疲れさまです……」

未だに現実が受け入れられていないハヤトはそのまま駐輪場に向かった。

《ほー。今日の訓練で2万を稼ぐか。手慣れれば今のウン十倍は堅いな》

（…………に、２万円）

《今日はちょっと豪華な食事でもとったらどうだ》

（……にまんえん）

《ダンジョンに潜るうえで一番大切なのは強さでも、才能でもなくて、モチベーションだ。まあ、極貧生活を二年間続けたお前なら大丈夫だと思うが……。なぁ、なんでお前二年間も潜り続けたんだ？》

（……俺の記憶を見たんなら、分かるだろ）

《記憶で見るのは映像だけだ。それを映画のダイジェストみたいに、要点だけ見せられる。お前について全部知ってるわけじゃないし、お前の内心までは分からんよ》

（……そうか）

《あ、映画って分かるか？》

（知ってるよ！　馬鹿にすんな！）

《ははっ。悪かったよ》

ヘキサの言葉に、ハヤトは頭をガリガリとかいて、彼女の最初の問いに答えた。

（認めてほしかったんだ）

《……両親にか》

（あぁ）

《叶うと良いな》

（どうだろうな。俺は別に今のままでも良いと思ってるぜ？）

《ふぅん？》

（特に生活に困ってるわけじゃないしな）

《……特に……困って……ない？》

ハヤトは自転車に乗ると、沈む夕日を追いかけるようにギコギコと音を鳴らしながら帰路についた。

（あと、急で悪いんだが……今日はよりたいところがあるんだ。よってもいいか？）

《それは良いが、どこに行くんだ？》

（まだ内緒だ）

ハヤトは家とダンジョンの間にあるコンビニに自転車を止めると、そこで深呼吸を一回。

（ここだ……）

《ん？　コンビニ？》

いつもは金がないからと入店を諦めていたが、今日は違う。

（……行くぞッ！）

《えっ、なんでそんな緊張してんの》

思念体とは言え、ハヤトの身体の様子が手に取るように分かるヘキサはそう尋ねた。

（……初めてなんだ。コンビニに入るの）

《嘘だろ？》

（マジだ）

《二年前までは普通に家で育ってたんだろ？　コンビニの一つや二つ、入ったことがあってもおかしくないだろうよ》

（……ほら、実家厳しいから）

《あぁー》

そっちの過去は見ているので、納得した様子を見せるヘキサ。

ハヤトはさっそく覚悟を決めると、コンビニの中に入った。

「っしゃいませー」

やる気のない店員の声が店内に響いた。ハヤトが高鳴る胸を抑えながら、向かうは菓子コーナー。その中にある赤いパッケージのポテチを手に取った。

《商品はちゃんとレジに持っていくんだぞ。分かってるか？》

（あ、あぁ。大丈夫だ。何回もテレビで見たことがある）

《ほんとに大丈夫か……？》

ハヤトは恐る恐るといった体で、ポテチをレジに置いた。

「お願いします」

店員がポテチのバーコードを読み取っている間に、ハヤトは胸についている探索者証を取り出した。

「電子マネーっすね」

「……はい」

店員が素早くレジを操作する。

「そこにタッチしてください」

店員に教えてもらった場所にハヤトが探索者証をかざすと、電子音と共に決済が完了する。ハヤトの契約プランはデビットカードのように、口座の中にある分だけ探索者証で支払いできるという奴だ。中にはクレジットカードのようなタイプもあるらしいが、入会の審査があるのでハヤトは手を出していない。

「ありがとうございましたー」

間延びした店員の声は、しかし期待に溢れるハヤトの耳に届かない。

（っしゃぁッ！）

《……そ、そんなに喜ぶことか？》

（いやあ、死ぬまでに一回は食べたかったんだよ。これ）

《…………そっか》

ヘキサは彼に突っ込むことを止めた。自分が想像していたよりも、彼の生活レベルが低いことを嘆いている。

《……ハヤト》

（……ん？）

自転車のカゴにポテチを放り入れ、夕暮れの中を進む。

《……私が来て良かったな》

（そりゃ勿論！　感謝してもしきれないくらいだ）

一切の曇りない言葉に、自分で言っておいて恥ずかしくなったヘキサは、《うっ……》と言葉に詰まると、夕日の方を向いて赤い顔を誤魔化した。しかし、ハヤトはあいにくとそちらの方は見ておらず、ヘキサは自らの恥ずかしさに決着をつけるため、

《菓子だけで夕食を終わらせるなよ。ちゃんと野菜も食べろ》

（へっ⁉）

そう言って、誤魔化すのだった。

「今日は5階層まで行ってみます」

「……大丈夫ですか？」

ハヤトが咲にそう言うと、彼女は心配そうにハヤトを見た。他の職員は、探索者が己の力量以上の場所に挑もうとしても事務的に手続きを済ませる者が多い。そんな中で彼女は、探索者が適したレベル以上に挑もうとするとまず心配する。

可愛らしい彼女に心配されて嫌な気になる者はいない。当然、ハヤトもその中の一人である。

「そろそろ挑戦しなきゃいけない頃だと思いまして」

「分かりました。緊急時はすぐにSOSを出してくださいね！　私がちゃんと見ておきますから」

その容姿に加えて、探索者が発信するSOSを誰よりも早く拾ってくれるのだ。そんな人柄の良さが、受付のNo．1人気に繋がっているのだろうと思いながらハヤトは5階層に移動した。

たどりつくと、そこは昨日まで狩場にしていた4階層と全く同じ景色が広がっていた。味気のない光景だ。

ハヤトは当てもなく迷路の中を進むと、歩きながらその手に双剣を生み出した。刃渡りは互いが干渉しないようにと八十センチメートル。それぞれデザインを変えようかと思ったが、オシャレポイントを出すのはもう少し基礎を積んでからでも良いと思って無骨なデザインにした。

これもこれで有りっちゃ有りだな。うん。

《そういえば、なんで5層なんだ？　順当に実力を上げるには4層のままでも良いだろう？》

「脱初心者の壁みたいなところなんだ。5層は」

歩きながらハヤトは解説していく。

「敵の強さが3、4階層より一回りくらい強い。だけど、6階層は5階層とは比べ物にならないほど強いから、脱初心者のために力をつけるにはこの階層が一番良いんだよ」

《意外と考えてるんだな》

「中卒だけどなっ！」

《ツッコミづらいからそのボケはやめてくれ》

ヘキサがため息をついた瞬間、目の前にモンスターの気配。【索敵】スキルが無くとも、ある程度の索敵はできるようになっている。ハヤトは全身のセンサーを周囲に張り巡らせて、敵の位置を探る。

「……『ワイルド・ウルフ』か」

刹那、索敵に感応有り。目の前を二メートル五十センチメートルはありそうな巨体が通過した。よく見ると、その前をスライムのようなモンスターが逃げている。

《……ん？》

それを疑問に思ったのはヘキサ。この世界のダンジョンにおいて、スライムは一階層のモンスターだ。間違ってもこんな下層にいるモンスターではない。

〝【身体強化Ｌｖ３】【双剣の心得】【華麗なる剣舞】をインストールします〟

〝インストール完了しました〟

「はっ！」

ハヤトは迷路の壁を三角蹴りの要領で飛び上がると、無防備なワイルド・ウルフの背中に刃を突き立てた。

突然、背中に衝撃が走ったワイルド・ウルフは足を止めて背中を壁に叩きつける。ハヤトを叩き落とそうとしたのだが、それより早く彼は離脱。

「踊ろうぜ」

アクティブスキル【華麗なる剣舞】を発動。スキルのおかげで自動的に身体が動き、ワイルド・ウルフの肉体を削っていく。だが、リーチの短い双剣では致命的な一撃になりえない。

だから、

「ふっ」

ハヤトは双剣から手を離して霧散させると、頭の中に別の武器をイメージ。

《馬鹿ッ！》

昨日、さんざん訓練して【武器創造】にかかる時間は短くなっているとは言え、未だ実戦で使えるレベルではない。

だから、その隙を見出したワイルド・ウルフがハヤトめがけて飛びかかる。

しかし、それより早くハヤトが生み出したのは一切の装飾がされていない両手剣。取り廻しづらいが、一撃の重さは折り紙付きだ。

〝【華麗なる剣舞】を排出〟

〝【鈍重なる一撃】をインストールします〟

〝インストール完了〟

「オラァッ！」

スキルを発動させると、ワイルド・ウルフの巨体が地面に沈んだ。すぐに黒い煙となって死体が霧散すると、そこにワイルド・ウルフの毛皮が残った。

毛並みの良さと、手入れを念入りにしなくても長持ちする利便性から高く売れる素材の一つだ。防水、防寒性能が高いのも売れ行きを支えるポイントの一つである。

「よし、どうよ」

《いきなり実戦で使うやつがあるか、この馬鹿ッ！》

「おいおい、何キレてんだよ」

《一歩間違えれば死んでたかも知れないんだぞッ！　もっと自分の身体を大切にしろッ！》

「いや……俺は……あんたに褒めてほしくて……」

ハヤトがそう言ったものだから、ヘキサは言葉に詰まった。

《…………今度から気を付けるんだぞ》

あまりにも、ハヤトがまっすぐすぎる。それをヘキサは真正面から受け止めようとしたが、受け止めれきれなかった。ヘキサは気恥ずかしさを誤魔化すために咳払いを一回。その頰はわずかに赤かった。

「……ん？　スライムか」

ワイルド・ウルフの毛皮を手にしたハヤトの目の前に現れたのは体長五十センチメートルの少し大きなスライム。

《……あのスライム……まさかッ！》

とある事象を思い浮かべたヘキサが叫んだ。

「ん？」

《触るなッ！　逃げろッ！》

スライムらしきモンスターは身体をぶるぶる震わせると、ハヤトめがけて飛び込んできた。

「あぶねっ！」

ハヤトはそれをギリギリで回避。スライムは飛びかかるタイミングを狙いすますかのように、今度は体勢を低く取った。

だが、ハヤトとしてもそんなのに付き合っている暇はない。一目散に踵を返すと、全速力で逃げ出した。

「なんなんだ、アイツはッ⁉」

通常のスライムが、こんな下層にいるとは考えられない。ならばあれは、

《あれは奉仕種族だッ！》

「……は？」

《触れたら死ぬまで奉仕されるぞッ！》

「め、奉仕種族……？」

　ヘキサが何を言っているのか分からずにハヤトが尋ね返す。

《ああ。主人と決めた人間に徹底的に奉仕する種族だ》

「それ悪いとこあんのかよっ！」

　迷路の中をジグザグに疾走しながら、追いかけてくる奉仕種族と距離を取る。だが、その距離は離れるどころか、最初に比べて近づいているように見えた。

《ある。奉仕された奴らは物事に対するモチベーションが失われていくんだ。何しろ、身の回りのことを全てやってくれるんだからな》

「……なるほど」

　ヘキサは言った。ダンジョンを攻略するにはモチベーションが最も大切だと。ハヤトもその考えには大いに賛成できる。

　だからこそ、

「うおおおおっ！」

全力で逃げねばならない。だが、

「近づいてる近づいてる！」

《奉仕種族は、主人候補を決めた時に不意をついて接触。契約を結ぼうとするが、主人候補が逃げだした場合、ステータスが変動してAGIが主人候補の二倍になるらしい》

「どうやって逃げんだよッ！」

ハヤトのAGIは現状9。その二倍ということは18か。

本当にどうやって逃げれば良いんだ？

《今のところ、コーナーで差をつけてるからしばらくは大丈夫だと思うが……。このままだとじり貧だな……》

「どうすりゃいい⁉」

《転移の宝珠か、階層主部屋に入るのが解決策だと思うが……ここら辺に無いし……》

「あっ、いや、待てよ……？」

唐突に、何かを思いついたハヤト。

《どうした？》

「俺って探索者じゃんか」

《……急にどうした？》

「家にほとんどいないじゃん？」

《そうだな》

「奉仕種族と触れ合う時間なんてないだろ」

そう言って、ハヤトは足を止めた。

《馬鹿っ！　奉仕種族との契約にはもう一つ欠点があって――》

ヘキサが言い終わるよりも先に、スライム状の奉仕種族がハヤトに触れた。

《お前の性癖がバレるぞッ！》

「へぁっ⁉」

時既に遅し。スライムの身体が発光すると共に、変態を始める。スライム状だったものが人型を取り始めると、腰のくびれ、胸のふくらみなどが出来始める。

……女性体である。

それは三十秒ほどで完全に変態を終わらせると、半透明の鎖がジャラジャラと音をたててハヤトと少女の首に巻き付いて、契約を結ぶ。

「やーっと捕まえましたよ、ご主人様っ！」

少女はハヤトにとって最も心地の良い声でそう言った。

「これで契約完了です！　死ぬまで放しませんから！」

身長百四十五センチメートル。髪の毛は透き通るような金色。瞳は驚くほどに美しい藍玉。髪はショートにカットされ、何より目をみはるのはその胸だ。

《ろ、ロリ巨乳……ッ！》

（なっ、なんだよ。悪いかよっ！）

《ロリ巨乳なんて邪道の極みだろうがッ！　ロリにはロリの、巨乳には巨乳の良さがあるというのに！》

（その二つを併せ持つからこそ、最強なんだって！）

「どうかされましたか？　ご主人様」

いつまで経っても反応しないハヤトに奉仕種族の少女は首を傾げた。

「いっ、いや、なんでもない。君は……奉仕種族で良いのか？」

ハヤトは顔を真っ赤にしながら、努めて眼下を見ないように顔を上げる。

《……小学生かお前は》

（うっ、うるせー）

ハヤトはスマホを持っておらず、パソコンも無い。エロというものからは遠く離れた生活を送ってきたのだ。故に、こういう反応をするのも仕方ないことなのだ。

「はい！　私がご主人様の奉仕種族。エリナと呼んでください！」

「そうか。エリナ……とりあえず、服を着ろ」

全裸で抱き付かれているので、ハヤトのハヤトがアレである。

「服、ですか？　それなら、探さないといけませんね」

「ん……。あんまりその恰好でうろつきまわるのもなぁ……」

何か良い物が無いかと探していると、自分が解決策を手に持っていることに気が付いた。

「あ、これ……。ワイルド・ウルフの毛皮だけど」

「ありがとうございますっ！　ご主人様、これを加工してもいいですか？」

「加工？　別に良いけど」

どうやって加工するんだろう？　と、ハヤトが首を傾げていると。

エリナが毛皮に念を込めるような恰好をすると、光がポワポワと毛皮を覆った。

「では、失礼して……」

「はいっ、これで完成です！」

「すごい、普通のメイド服だ」

《普通のメイド服ってなんだよ》

先ほどまでの毛皮が変形して、エリナの手には下着とメイド服が作られていた。

【裁縫】スキルです。他にも家事に関するスキルなら一通り持っていますから安心して、家事をお任せください！」

「家事？」

「はい、掃除（そうじ）、洗濯（せんたく）、料理。なんでもござれです！」

エリナの言葉にハヤトは思わずヘキサと顔を見合わせた。

掃除、洗濯、料理。そのどれも、ハヤトはしていない。

「あー、その、なんと言うかだな」

「はい」

エリナはキラキラした目でハヤトを見上げる。

「俺の家には掃除をするほど物がない」

「綺麗（きれい）好きなんですね！」

「食事はダンジョンで取る」

「サバイバーみたいでかっこいいです！」

「洗濯は……服を三着しかもってないから、正直いらない」

「いや、洗濯はいりますよ？」

「コインランドリーって便利な物がだな」

「高いじゃないですか」

「……コインランドリー知ってんの？」

「ご主人様が知ってる常識は大体知ってます」

《じゃあ何も知らないじゃん》

（なんだと？）

《冗談だ。ま、私と同じようなものだな。契約主の記憶の中から、必要な社会常識を覚える》

「大丈夫です！　私が来たからには損だとは思わせないように頑張りますっ！」

そう言ってやる気を見せるエリナ。確かに気概は十分だけど……。

（……どうする？）

《こうまで言ってるし、もうお前から離れないだろ……これ》

（連れて帰るか……）

《ちゃんと責任とってやれよ、ロリ巨乳大好きハヤト君》

（その呼び方やめてくんない？）

とにかく、二人はエレナを家に連れて帰るということで合意した。

「じゃあ、一旦君を家に連れて帰るから」

「エリナとお呼びください。ご主人様」

「……エリナ。今から君を家に連れて帰るから」

「はい！　よろしくお願いいたします」

そう言って深々と礼をするエレナ。傍から見れば行儀のよい少女に見えることだろう。

「それと、そちらの思念体の方も、今後ともよろしくお願いします」

《私が見えるのか？》

「はいっ！　声も聞こえてますよ」

《ほう。ハヤト以外には見られていないものだと思っていたが……なるほど、それも奉仕種族の特性なのかもな》

ヘキサはそう言ってゾクリとするほど美しい笑顔で笑った。

「とりあえず、一旦ダンジョンから出よう。奉仕種族は戦えないだろ？」

「その通りです……。ご迷惑をおかけします……」

ハヤトはエリナを連れて、先ほど爆走してきた道を戻る。その途中、ヘキサが呟いた《まあ、人間になっただけマシか》という言葉は聞こえない振りをしておいた。一体、自分のことをなんだと思っているのだろう。

しかし、問題が発生。エリナは人のように見えるもののモンスターである。なので、ダンジョンの外に連れ出した時に法律的にどのように扱われるのか分からない。分からない

ので、咲に相談すると、

「うーん……。多分ですけど、従魔（フォロワー）と同じ扱いだと思いますよ？」

「従魔（フォロワー）って、モンスターテイマーとかの、ですか？」

「はい。そのモンスターテイマーの方々が使役（しえき）されているモンスターたちと同じということです」

基本的にスキルはダンジョンに潜った時にランダムに与（あた）えられる。最初はスキルを持っていないという者もいるし、逆に五個とか六個とか持っている人もいる。その中に、ダンジョン内のモンスターを使役して戦うスキルホルダーがいるのだ。ろくな武器をもたず、己と使役（テイム）したモンスターたちでダンジョンに潜る彼（かれ）らのことをモンスターテイマーと探索者（たんさくしゃ）たちは呼んでいる。

「じゃあ連れて帰っても大丈夫ってことですかね？」

「法律的にはオッケーだと思います」

既（すで）に法律的にアウトなことをやらかしているハヤトは少し、法律（ルール）に関してシビアになっている。これ以上罪を重ねるわけにはいかないのだッ！

基本的に使役（テイム）されたモンスターが他人を襲（おそ）うということは無い。例外は、使役者（テイマー）が指示を出したときだけだが、そんなことをすると速攻（そっこう）警察が飛んできてお縄（なわ）である。

というか、そもそも普通の人間はそんな罪を犯さない。

「変なことしちゃダメですよ。ハヤトさん」

「ははっ。大丈夫ですよ。そんな気概ありませんから」

《自分で言ってて悲しくならないのか？》

「エリナちゃん……。で、良いんですよね？」

そんなハヤトをスルーして、咲はエリナに語りかけた。

「はいっ！　エリナです。ご主人様共々よろしくお願いします」

「良い挨拶できるのね。ハヤトさんは少し生活が荒れてるみたいだから、生活面をよろしくね」

「お任せください！　ご主人様を立派な人間にしてみせます」

……みんなそろって俺のことを生活破綻者だと思ってないか？

「ハヤトさん。今日はこれでダンジョン攻略は終わりですか？」

「いや、この子を家に連れて帰ってからもう一度来ようと思ってます」

「では、お待ちしておりますね」

ハヤトは咲に別れを告げて、帰路へと就いた。ギコギコと音を立てながらママチャリが進んでいくが、いつもと違うのは後部座席にもう一人乗っていることだ。

「わぁ！　凄いです！　これが自転車なんですね！」

「二人乗りなんて初めてだ」

《法律気にしているのに二人乗りは良いのか、ハヤト》

「警察も一々止めんだろ、二人乗りなんか……」

ということで一切の障害なく家についたわけだが、

「………ここに、住んでるんですか？」

ハヤトの家に着くなり、エリナがそう言った。

「うん。ちょっと狭いけど、良いところでしょ？」

「家賃はおいくらなんです？」

「1万2000円」

「でもダンジョンまで自転車で五分ですよね？」

「うん。だってここ事故物件だから」

「……自殺ですか？」

「ああ、五人連続で」

《ハヤトも死のうとしていたから六人連続になるところだったな》

そう言ってははと笑う二人。

「な、なんで笑えるんですか！」

「どした？　幽霊が怖いのか？」

「幽霊もそうですけど、六人連続で自殺とか絶対なんかありますよっ！」

「大丈夫、何にも無いから」

「……信用できないですよ」

「大体幽霊が出ても俺、祓えるし。何なら祓ったことあるし」

《霊媒師として働いたらどうだ？》

「中卒霊媒師は流石に怪しさ満点だろ」

　そう言ってがははと笑う二人を冷たい目で見るエリナ。

「とにかくここは、人の住む場所じゃありません！　まさか家具がこんな薄皮みたいな布団だけとは思いませんでしたっ！」

「辛辣ゥ！」

「冬とかどうしてるんですか」

「古紙回収の時に新聞紙を拝借して」

　新聞紙は意外と保温性が高い。

「嘘でしょ？」

「マジだ」

その日に一切の嘘がないことを読み取ったエリナ。ハヤトの脳内を読み取って学んだ社会常識がここでは一つとして通用しないことを身をもって痛感。

「服は……三着だけあるんですね」

「まあね」

半袖、半袖、長袖である。

「でも、基本的にダンジョンに潜ってるから普通の服を着ることはないんだよ」

「ないんだよって……その防具は何年使われてるんですか？」

「一年半かな」

「そんなにボロボロになっちゃって……。いざって時はどうするんですか？」

「ほら、治癒ポーションがあるから」

《ん？　あれからドロップしたっけ？》

「あっ……」

やっべ、普通に治癒ポーションないこと忘れてた。

ハヤトはとんでもない事態に気がついて顔を青くする。

「どうするんですか!!」

「……どうしようもないな」

「防具、新調しないんですか？」

「……ううむ。それは難しい質問だ」

「どうしたんです。急に改まって」

「二人とも社会常識は知っているみたいだけど、具体的なことはいくつか抜けがあるだろ？」

「はい。私はあくまで、日常生活を送るうえで必要な最低限度しか学んでいませんから」

《私も似たようなものだな。ここに来る時に覚えた一般常識はあくまでも概念的なことで細かいところまでは知らない。それにお前の記憶を読み取った部分もダイジェストだから全ては知らないし、映像だからお前の内心までは分からない》

唐突にハヤトが切り出したにもかかわらず二人はそれに頷いた。

「ではここで、問題ですっ！」

「は、はい？」

《急にどうした？》

「この防具、幾らでしょう」

そう言ってハヤトは手にした防具を掲げた。

「これはダンジョン製品を取り扱ってる『D&Y』の初心者向け。それを初売りセールの三十パーセントオフだったのを知り合い価格で、そこからさらに割引で五十パーセントオフにしてもらって買ったものだが」
「五十パーセントオフってことですか？」
《相変わらずケチ臭いやつだな……》
ハヤトはヘキサを無視。
「そう。そういうこと。それで幾らだと思う？」
《五十パーセントオフして、4万とか5万とかじゃないのか？》
「うーん。私もそんな所だと思います。6万とかじゃないですか？」
「12万だ」
《……は？》
「五十パーセントオフで12万だから、普通に買ったら24万だ」
《……初心者向けだろ？ それ》
「ああ、だけどそれくらいする。こっちの短剣は防具を買った時におまけで貰ったものだが、こいつは普通に買うと5万は超える」
「……な、なんでそんなに」

「ダンジョンのモンスターに対して有効な防具の素材は、ダンジョンのモンスターからしか採れないからな。例えば今日エリナにあげた毛皮があったろ？　あれを普通に売ったら2万近くする」

「ぴぇっ!?」

《良かったのか？　そんな高級品》

「裸で歩き回らせるわけにはいかないだろ……。とにかく、ダンジョンの中から採れる素材は希少で、高価。あんまりポンポン買えるようなものじゃないんだ」

「ごめんなさい、ご主人様。そんなものだとは露知らず……」

腰を九十度に折り曲げて丁寧に謝罪するエリナ。だが、一方のヘキサは、

《でも、今の稼ぎなら一か月で買えるな》

笑いながらに、そう言った。

「ん？」

《だって昨日のお前が2万ちょい稼いだだろ？》

「そうだな」

《あれが限界だったか？》

「まさか。まだまだいけるよ」

《だろう。それなら、お前はもっと上を目指せるはずだ》
「……そうかな」
《今日、5層のワイルド・ウルフと戦ってみてどうだった、きつかったか？》
「いや。別にそうでもなかったけど……」
《ならもっと上に行けるということだ。つまりはもっと稼げるってことでもあるんだぜ？》
「そう……か。そうだな」
ハヤトの目に炎(ほのお)が灯(とも)る。
「決めた。俺(おれ)は潜(もぐ)るよ、ダンジョンに」
そして、決意を口にした。
《良い心がけだ。ははっ、お前の決意で「地球」は救われたぞ？》
「大げさだなぁ」
《大げさなもんか。私はお前ならできると信じてるんだ》
「そうですよ！　ご主人様ならできますよ！」
《何はともあれ潜るなら具体的に目標を決めよう。どうする？　いつ、前線攻略者(フロントランナー)になる？》
気軽に、まるで散歩にでも誘(さそ)うかのようにヘキサがそう語りかけてくる。

その言葉にハヤトはしばし考え込んだ。前線攻略者、夢のまた夢のような響きだ。昔のハヤトなら、そんなものはなれるわけがないと一蹴しただろう。だが今のハヤトは期待されている。

　自分は今まで幾度となく期待を裏切ってきた。父の期待を、母の期待を、家の期待を裏切り続けた。だから、これ以上誰かの期待を裏切るわけにはいかない。

「……一か月だ」

《ほう?》

「俺は一か月で前線攻略者になる」

　現在攻略されているダンジョン最高階層は22階層。

　そして、ヘキサが言うには星の寄生虫たる「ダンジョン」が現在、生成している階層は52階層。だが、それはゆっくりと毒牙を地球の奥へと伸ばしているということだ。あと一年もすれば、100階層に到達し、人類は終わる。

《良い貌してるな、ハヤト》

　誰も知らない、人類の反撃がここに決まった。

　幾ら前線攻略者を目指すといっても23層まで一気に上がることはできない。何故なら、ダンジョンは10層ごとに敵の強さが跳ね上がっていくからだ。だからハヤトが目指すのはまず10層。

「だから、一週間で10階層まで行く」

「応援しますよ！　ご主人様」

《そのためには身体づくりだな》

ダンジョン内のトレーニングは、外の世界でするトレーニングよりもはるかに効果が高いことがこの二年間で証明されている。アスリートたちも、既に高所トレーニングのようにダンジョントレーニングを取り入れているのが一般的だ。

特にステータスが人類にもたらされた影響は大きかった。自分の成長具合が具体的に分かるからだ。これにより、集中的なトレーニングが可能となった。

だが一方でゲームのようにレベルという概念は持ち込まれなかった。それに関してネットでは様々な憶測が飛び交っているが、ネットから断絶されたハヤトには与り知らぬことで。

《とは言っても、モンスターを倒すのが実力を上げる面でも稼ぎを増やす面でも手っ取り早い。問題は飯だが……。おいハヤト、もう家計をエリナに任せろ》

「えっ。家計を？」

《ああ、お前は四則演算できねえだろ》

「できるわっ！　中卒馬鹿にすんな！」

「いえ、ご主人様は戦うことだけに集中してください。その他のバックアップは私がします」

《それに奉仕種族なら、貯金を蓄えながら今以上の生活を送るだけのやりくりができるはずだ》

「本当？」

「はいっ！　お任せください。少なくとも、今以上の生活は保障します」

「えー、難しいぞ？」

《今以上の生活を送らせることなんてさすがに私でも出来る。お前はもうちょっと自分の生活レベルを疑ったほうが良いぞ》

　これでも二年間、一人で生活してきたんだけどなぁ……。

「そこまで言うなら……。はい、これ」

　そう言ってハヤトが押し入れから出したのは通帳。探索者証で基本的な決済をするため、ほとんど金額のやり取りが記されていない白紙の通帳である。

「パスワードは『０７０７』だから上手い具合に使って。もう生活のすべてを任せるよ」

「ご期待に添えるように、頑張ります！」

《んじゃ、ダンジョン行くか》

「勿論。夕方に帰ってくるから、鍵は置いていくよ」

「では私は生活に必要なものを揃えてきますね」

「うーん、揃ってるけど……」

「揃ってないから言ってるんですけどね」

はぁっ、とため息をつくエリナ。

……そんなに絶望的ですか、俺の生活は。

すぐに二手に分かれてハヤトはダンジョン内に戻ってきた。とりあえずは5層以上を目指すために、5層の階層主を倒さないといけない。

「5層のボスは……『スケルトンキング』だってさ」

咲から購入を勧められたダンジョン攻略本（１４００円）を片手にハヤトは歩いていく。ほとんどの攻略者はアプリを使っているのだが、電子機器を持っていないハヤトは本を購入せざるを得なかったわけである。

というか、今まで攻略本を買ってなかったのかと咲にはひどく心配された。

《スケルトンキングというと、デカいのか》

「そうなんじゃない？　でも5層までスケルトンが一切出てこないのに、キングも何もないと思うけどな」

《王冠でも被ってるんじゃないの》

「あぁ、なるほど。賢いな、ヘキサ」

ハヤトは本をしまうと、手に短槍を召喚。

時間にして六秒。今のところ【武器創造】にかかる時間はアベレージで五秒だ。

《【武器創造】は早いうちに慣れておいたほうが良いな》

「慣れれば早くなるだろ」

軽く言って、ハヤトは今しがた暗記したばかりの道をたどっていく。時折聞こえる戦闘音は回避。他の探索者がモンスターを狩っているのだが、探索者にまともな人間はほとんどと言っていいほどいないので、関わらないようにするのが正解だ。

５層は３層や４層とくらべてかなり探索者が多いので、道中のモンスターは狩りつくされていたのか、鉢合わせることなく階層主部屋まで来ることができた。

「あんまり、迷わなかったな」

《迷路と言っても道標もあるしな。ていうか、扉は閉じてるのか》

「ちょっと待つな」

階層主部屋に先客がいた場合、その先客が階層主を倒すか、逃げるかしないと部屋に入ることはできない。ボスは他のモンスターよりもステータスを上げやすいので、狩りやすいモンスターを狙って狩るというトレーニングもある。

その場合、探索者が列になって階層主部屋の前に集うので、トイレの待機列だなんだと馬鹿にされることも結構あるのだが。

「おっ、開いたぞ」

《倒したっぽいな》

階層主部屋の中にはいると、既に先客はいなかった。6層に行ったのだろう。ハヤトが部屋の中心に向かって歩くと、後ろの扉が音をたてて閉じた。

「……久しぶりのボスだ」

《緊張するか？》

「あぁ」

《お前なら大丈夫だ。もっと気楽に行け》

ふと、壁から無数の黒い霧があふれ出すと、ハヤトの目の前で固まって人型を形作っていくのに気づいた。それは、デカい。ハヤトが見上げてしまうような大きさだ。全長はおよそ八メートルほど。巨大な頭蓋骨がケタケタと笑い始める。

《さぁ、ボスのお出ましだ》

〝【鈍重なる一撃】【神速の踏み込み】【恐怖耐性】をインストールします〟

〝インストール完了〟

スケルトンのような、アンデッド系のモンスターと対峙した時、足がすくんで動かなくなる『恐怖』というバッドステータスにかかることがある。本来なら3000円で売っている恐怖耐性の丸薬などを買うのが一般的だが、ハヤトはスキルインストールで手に入れることに賭けて買わずに来た。

「ケチって正解だったな」

《受動的スキルに賭けるのはどうかと思うがな》

『――ォォォオオオオオオオオオオッッツ！！』

肺も何も無いのに、身体の芯から震えあがりそうな声で叫ぶスケルトンキング。【恐怖耐性】が無かったら、あやうく身動きが取れなくなっていただろう。

だが、今のハヤトに〝恐怖〟は無い。

「フッ！」

【神速の踏み込み】を発動。右足から入った踏み込みによってハヤトの身体はトップスピードに乗る。遅れてスケルトンキングの巨大な手がハヤトのいた場所を叩き潰した。

《弱点は頭に入ってるな？》

「勿論ッ！」

スケルトンキングの弱点、それは首の後ろにある頸椎である。そこを破壊することができれば、どんな状況であろうとスケルトンキングは霧散する。

『――アアアアアアアアアアアアアッ！』

《ハヤトッ！》

ハヤトがスケルトンキングの真下を潜り抜けた瞬間に、激しい咆哮。地面から生えてきた白骨がハヤトの右足を捕まえた。

「……ッ！」

『臣下召喚』。無数のスケルトンたちが地獄の底より溢れかえる。

〝【神速の踏み込み】を排出〟

スキルインストールの声なき声がハヤトの脳に響く。

ハヤトは地面を蹴ってスケルトンキングの背後にしがみつく。

〝【ブラディリアの咆哮】をインストールします〟

〝インストール完了〟

その瞬間、ハヤトは大きく空気を吸い込んだ。

「――オオオオオオオオオオォォォォッッッ!!」

到底、人間の口から生まれたものとは思えないほどの咆哮が世界を舐めた。地獄から生まれたスケルトンたちは一瞬で粉々に砕け散り、スケルトンキングでさえも、その威圧に動きを止めた。

「……貰った」

ハヤトは【鈍重なる一撃】を発動。スケルトンキングの「頸椎」を砕いた。

《やったっ！》

スケルトンキングが動きを止めると、ボロボロとその身体は崩れ始め、黒い霧となって消えていった。

「ふぅ……」

スケルトンキングのドロップアイテムを拾ってハヤトは息を吐く。

《なんだこれ》

「……骨だな」

正式名称を「骸骨王の大腿骨」。骨ということで金属よりも軽いが、金属よりも耐久性があり、なにより錆びない。武器のエントリーモデルの素材になる骨である。平均売却価格は1万5000円。

ハヤトの二年分の食費である。

「売れるかも知れないから持っておこう」

《これで6層まで行けるな》

「6層から迷路じゃなくなるらしいな」

《どんな景色が見られるかお楽しみだ》

二人はそう言うと、部屋の奥にできた階段を下へと降りていった。

「……草原、かぁ」

第6層に足を踏み入れて、最初に出た感想がそれ。

《なんだ？　そんな微妙(びみょう)な顔して》

「いや、もっと楽しい景色かと思ってたから」

《不満か？》

「ファンタジー色溢れる景色が良かったよ」

《まぁ、確かにこんなWindowsXPの壁紙(かべがみ)みたいな景色は、ファンタジー色溢れてるとは言えないしなぁ》

「分からない物でたとえるのやめてもらっていいですか」

《そっか……。最近の若いのはＸＰを知らないのか……》

「まじで何の話？」

そんなやり取りをしながら歩いていると、ふと地面がぼこっと膨らんでいる。

「……モグラ？」

近寄って確かめようと思った瞬間に、地面から巨大な嘴をもったミミズが飛び出してきた。その大きさは二メートル近く、全身を甲殻で包んでおり、黒光りするそのフォルムはどこからどう見てもひどく硬いのが伝わってくる。

「……ワームか」

ワームは威嚇するように大きく吠えると、全身を振るって威嚇。だが、その瞬間にワームの頭をハヤトの槍が貫いた。

「予備動作が大きいな、案外倒しやすいぞ」

槍を引き抜くと、茶色の体液が噴出。一撃で絶命したワームは黒い霧になって、ダンジョン内に消えていく。

《まだ6層だからな。そこまで敵の強さは跳ね上がらないだろう》

「ん、なんか落としたぞ」

《甲冑か》

「軽いし、硬いな」

この6層に出没する『甲冑ワームの鱗』は、その特性から防具に利用される。初心者向け(モデル)の中でも高級品、あるいは中級者向け(ミドルレンジモデル)でも使用されることがあるほど、丈夫(じょうぶ)な素材だ。

もちろん命を預ける防具に使われる分、査定は厳しい。１２００円から3万５０００円と買い取り価格にかなりの幅(はば)がある素材である。ちなみにハヤトが手にしたものは、そこそこ上質なもの。売れば2万円代で買い取られるだろう。

「攻略本によると6層の敵は『甲冑ワーム』と『レッサー・トレント』。あとは『ウィード』くらいかな」

《ウィードってなんだ？》

「何か人型の草らしいぞ？　ほら、そこにいるような……」

ぱっと視線を上げると、そこには三体の人型をした草。鞭(むち)のようにしなった腕(うで)がピシンピシンと地面を穿(うが)つ。

「……せい！」

スキルも使わず一突(ひとつ)き。人型の草、ウィードの心臓部分を貫くと、モンスターはぐったりと倒れた。すると、周りの二体が倒れたウィードに駆(か)け寄って必死に救命活動を開始。

心臓マッサージ、人工呼吸。お手本のような救助活動が始まった。

「やりづら……」

顔はないから表情は分からないものの、なんだか泣きながら救助活動を行なっているようにも見える。倒した張本人からすると、嫌でも心を痛めてしまう。
《罠だぞ、それ》
「……罠？」
ため息をつきながらヘキサが言う。
《どう見たって罠だろ。ダンジョン内から無限に湧き続けるモンスターが仲間の命の心配なんてするものか》
「非情だなぁ……」
とは言うものの、ハヤトも二突き。倒れた仲間を助けようとするウィードたちは三人仲良く地面に転がると、黒い霧になって霧散した。
「うわっ、何にも落とさなかった」
《まあ、そういうこともあるさ》
モンスターは一定確率でしかアイテムを落とさない。
「チッ、しけてんな」
《次行け、次》
痛んでいた心はどこへやら。無駄にモンスターを倒してしまった探索者からはこんな悪態しか出てこない……。

「とりあえず今日中に7層まで行く」

《やる気だな》

「もうちょっとここで戦ったらボスに挑戦してみるよ」

《良い調子だ》

戦いの道具を与えられた狩人は、意気揚々と下層へ潜る準備を整え始めた。

その日の累計報酬は6万4756円。前日の三倍近くを稼ぐことになった。

「最近どうしたんですか、ハヤトさん。モンスタートレインにあってから、まるで人が変わったみたいですよ」

「いやぁ、調子がよくて」

「なんだか、昔のハヤトさんを見ているようです」

「……あの、恥ずかしいのでそのころの話は………」

「えぇー。私は好きでしたよ、二年前のハヤトさん」

「いや、マジで黒歴史なんです……。勘弁してください」

《昔?》

ヘキサはそう聞き返して、読み取ったハヤトの過去を再び読み直した。

《ははぁ、なるほど……》

それでハヤトの態度に納得がいったヘキサがにやけながらそう言った。

「すっごいギラギラしてましたもんねぇ……。中学生とは思えないほど、目が怖かったですもん」

「本当に……本当にお恥ずかしい限りで……」

実を言うと、ハヤトは二年前の動乱期、まだ企業や国がダンジョンに介入してくるよりも先に、3層までは誰よりも早く突破していた。しかし、当時の彼は中学生。十四歳である。そんな男の子が誰よりも早く3層まで攻略していたのだ。周りは誰もついてこられず、ハヤトだけが3層を攻略していた。

当然、イキった。そりゃあもう、当時の同業者からネットで散々悪口を書き込まれるほどにイキり散らした。それに厨二病が加わっているものだから、目も当てられないほどにイキったのだ。

結果として誰もパーティーを組んでくれなくなり、単独攻略するしかなくなったのである。防具もなく、武器も己の拳だけという野蛮人スタイルが通用するのは3層のボスまで。

4層から先に彼は進めず、イキっていた頃の反動でボロクソ叩かれ沈む一方という悲しい過去を持っている。今では完全に自業自得だったと思っているが、流石にあれから二年近く経ったので、探索者のほとんどは入れ替わっているため、その事実を知らないし当事者たちの多くも忘れているが、本人はそれを忘れることなく黒歴史として封印したのだ。

「昔は私のこと口説いてましたもんね」

とても懐かしい目で過去を振り返る咲。

「その節は……ご迷惑をおかけしました……」

新卒で入った職場で中学生に口説かれる気分はどんなだったのだろうか。

「責めてるわけじゃないんですよ？　ただ、懐かしいんです。あの頃のハヤトさんが戻ってきたみたいで」

ふふふと笑う咲。いつもは小動物系なのに、今日はなにやら小悪魔系にも見える。

「いや、もう、マジで勘弁してください」

涙目になりつつあるハヤトにいたずらっぽく咲が笑った。

「ふふふっ、じゃあここまでにしておきましょう」

「……うう、遊ばれてる……」

咲は微笑みながら手元の機械を操作。ハヤトの口座への振り込みと、ダンジョン退室の処理を終わらせる。

「ねえ、ハヤトさん。あの時、私がなんて言ってたか覚えてます？」

「……『素敵な大人になれば付き合ってもいい』ってやつですか？　覚えてますよ」

ハヤトが咲を口説いていた時、咲はいつも笑いながら「素敵な大人になったらね」と流していたのだ。

「あと、二年ですね」

咲がそう言ってにこりとする。その愛くるしさに思わずハヤトは、

「もー、咲さん冗談(じょうだん)きついっすよ」

と言って、笑い流したのだ。

第4章 ✦ 出会いと探索者

「ふんふん〜♪」

どこかで聞いたことのあるような、それでいて思い出せない曲を鼻歌で歌いながら、エリナがハヤトの手を取った。

「今日はどこ行きましょうか、お兄様」

「……やっぱり普通に兄さんとかにしてくんない？」

そう言った瞬間に、ガラガラのホームに電車が滑り込む。

「いやです！　さ、乗り遅れないようにいきましょう！」

エリナは満面の笑みでそう返すとハヤトの手を取って電車へと乗り込んだ。

……この子、意外と我が強いよね。

事の発端は前日の夜、ダンジョンの7階層に到達し有頂天で帰ってきたハヤトを出迎えたのは温かい食事と、新品の生活用品、そしてエリナだった。久方ぶりに食べる人間らしい食事に涙を流していると、彼女が言ったのだ。

「服を見に行きましょう」と。

しかし、そんなことを言われてもハヤトは服の知識なんて一つもない。周りの探索者がズボンのことをパンツと呼んでいて軽くカルチャーショックを受けたほどである。そもそも実家にいた時だってお手伝いさんが買ってくる服を着ていたような男だ。服の知識は皆無と言っても良い。故にハヤトは丁寧に辞退した。

「俺はいいよ」

「駄目です。私のご主人様には、相応しい恰好があるはずです！」

しかし、一秒足らずでエリナにノーを突きつけられたハヤトは苦肉の策で反論。

「いや、でもダンジョンの攻略しないといけないし」

「何言ってるんですか。今日で連続攻略五日目ですよ。明日はダンジョンに入らせてすらもらえませんよ」

「……ぐぅ」

ダンジョンの入場制限――ダンジョンは五日以上連続して入れない――を出されたハヤトはぐうの音も出ずに、エリナと隣街までデートすることになったのだ。

しかし、その際にエリナがハヤトのことをご主人様なんて呼ぼうものなら外面が悪すぎて悪目立ちしてしまう。ハヤトはただでさえ外でスキルを使うなんて犯罪行為に手を染めているのだ。そんなことで目立ちたくない。

だから、エリナには兄と呼ばせることにしたのだが、なんと彼女はハヤトのことを普通に兄と呼ばなかった。

「どうしたんですか？　お兄様、浮かない顔をされてますけど」

「いや、なんでも無い」

『お兄様』と呼ばれると、昔のことを思い出して嫌な気持ちになる。妹は上手くやっているだろうか。

エリナはハヤトの返答に、少し怪訝そうな表情を浮かべたがそれ以上は深く追及して来ずにすぐに話を変えた。

「しかし、こっちの街は本当にダンジョン関連のものしかないんですね」

「ああ、隕石の衝撃で、街そのものが壊れたからな。一からダンジョンに合わせて作り直したんだよ」

昔、どこかで別の探索者から聞いた受け売りをそのままエリナに話して、ハヤトはダンジョンシティを見渡した。閉鎖的だった経済に大きな風穴を開けたダンジョンの周辺は、多くの資本家と企業が集まり、金に物を言わせた大開発によって半年足らずで元の街以上に発展したのだという。

だが、あまりにもダンジョンだけが重視されたのか武器や防具、アイテムなどの売店は山のようにあるが、服や家具のような日用品を買いに行くには電車に乗って隣街に行くしか無いのだ。

「今日は色々服を見てまわりましょう！　ウィンドウショッピングというやつです」

「買わないのか？」

「私が作れますから」

ふんす、と少しだけ胸を張って答えるエリナのドヤ顔が可愛らしくて思わず頭を撫でてしまう。

「そうか。エリナは【裁縫】スキルを持ってるから買わなくても良いのか」

「はい！　今日はお兄様に似合う服を探すのが目的です！」

エリナの気合が異様に入っているのは、彼女がどれだけハヤトの服装で悩んでいたかが分かるというもの。

《……ん？　ダンジョンの外でスキルを使うのは違法だろ？　大丈夫なのか？》

（バレなきゃ良いだろ……別に……）

ハヤトが問題なのは衆人環視の中でスキルを使ったことであり、しかもそれが使い方次第では人の命を奪ってしまう【治癒魔法】だったことだ。家の中で【裁縫】スキルを使ったところで誰にもバレない……はずである。

《私にはお前が真面目なのかクズなのかよく分からなくなってきたよ》

（真面目系クズと呼んでくれ）

《意味分かって言ってるのか？》

なんてやり取りをしていると、駅に到着。ほとんど客がいない電車をハヤトたちが降りると、出迎えてくれたのは地方都市にしては異様に活気づいている街の姿だった。

《ほう、随分と盛り上がってるな》

先ほどの電車内と打って変わって、溢れ返る人々を見ながらヘキサが呟いた。

（ここは元々、大した街じゃなかったんだ。けど、ダンジョンができたもんだから、その恩恵を受けられるようになったんだよ。ダンジョンで稼いだ探索者がこっちに来てお金を落とすもんだから、息を吹き返したってわけ）

《ダンジョンからもたらされるものは文明の針を無限に進ませる。だが、発展するのは科学だけじゃなく経済も、か。つくづくダンジョンは飴を持ち込むな》

（これが、ダンジョンの罠だって？）

《ああ。こうして人間をダンジョンに依存させる。完全に依存したところで、ダンジョンを攻略すればこの恩恵が手に入らなくなることを、ダンジョン内で告知する。そうなると、もうダメだ。この餌に飼いならされた生命は、ダンジョンを攻略することを諦める。あとはダンジョンが１００階層に育つまで待つだけで、その星の全ての生き物が死に絶える》

（怖い話だ）

二人は人知れず真実を語りあいながらエリナに連れられ、ショッピングモールに入った。

まず彼らが向かったのは近くのメンズファッションショップ。ハヤトは自分が中学生のころから着回してきたシャツとは全然違うジャンルの服にビビり散らかした。

「……だ、大丈夫か。こういう服を俺が着ても……」

ハヤトが見ているのはオーバーシャツ。そして、付いている値札に０が４つも付いていたことで泡を吹いて倒れそうになった。

「何を言っているんですか。着ても大丈夫な服を選ぶんですよ？」

「いや、でも……これ……」

ビビり散らしているハヤトに発破をかけるようにエリナは尋ねた。

「まだどれが似合うか分からないんですから、とりあえず自分に似合いそうな服を選んで持ってきてください」

「……あい」

女の子にそう言われてしまえばハヤトとしてもどうしようもなく、押し切られるようにして店内を見て回ることにした。しかし、どれもこれもハヤトにはしっくりこないというか、値段を見てから触れるのも怖くなったというか。

(なぁ、ヘキサ)

《どうした?》

(なんで服なのに値段が万を超えてるんだ?)

《良いものは高い。当たり前だろ?》

(服なんて安くて良いよ……)

なんて泣き言を言いながら服を選んだが、どれもこれもヘキサとエリナに却下され、ハヤトはエリナの選んだ服をそのまま試着させられた。

鏡を見ながら、「これ行けるか……?」と、不安になっていたハヤトだったが、

「わぁ! お兄様、とても似合ってますよ」

《ほう。中々良いじゃないか。馬子にも衣装とはよく言ったものだ》

二人からそう言われてしまい、思わずニコニコ。顔に出やすいハヤトの喜びがエリナに通じたのか彼女は財布を取り出して、

「じゃあ、その服買ってしまいましょうか」

「おえ?」

「大丈夫ですよ、お兄様。そんなに似合ってるんだから無駄にはなりません」

「今日は買わないんじゃなかったの？」

「服は出会いですよ。一期一会を大切にするべきです」

「はぇ……」

なんて言ってエリナはハヤトが呆気に取られている間に試着した服を買ってしまった。しかも、値札は切ってもらいトイレで着替えさせられる始末。しかし、これで一番嫌だった服関係が終わった……と、思ってハヤトが安心していると、

「じゃあ、次行きましょう。今日はまだまだ見て回りますよ」

「え、まだ？」

「当たり前じゃないですか。だってまだ一着しか買ってないんですよ」

エリナにそう言われてしまい、ハヤトは全てを諦めて観念すると大人しくエリナとヘキサの着せかえ人形になった。

全てが終わったのは二時間後。エリナの中で作るべき服のデザインが決まったのか、【裁縫】スキルで作る服の素となる布を買い終わって、ハヤトたちは喫茶店で休憩。その最中に、エリナが「お手洗いに行ってきます」と言ってトイレに消えたのですぐに、ハヤトは真顔でヘキサの名を呼んだ。

（なぁ、ヘキサ）
（エリナって何をプレゼントしたら喜んでくれるかな）
《ん？》
《プレゼント？》
　急に何を言いだすんだという顔でハヤトを見るヘキサ。
（だってさ……。こんなに長時間俺の服を選んでくれたし、いつも家事とか家計のこととかやってくれてるから……お礼になるものを渡したいんだ）
《エリナは奉仕種族だ。今日みたいにお前に尽くすのは彼女たちにとっては習性であり、最も生を実感できることだぞ》
（……つまり？）
《今日のこれがエリナにとっては最高のプレゼントってわけだ》
（……いや、でも）
　確かにヘキサがそう言うのであればそうなのだろう。
　エリナは人間じゃない。別の種族だ。だから、人間基準で物を考えるのは良くないということは分かる。けれど、それとこれとはまた別だと思うのだ。
（……でも、こういうのはちゃんとするべきだと思うんだ）

《ハヤトがそうしたいなら、それで良いんじゃないか？　無難なところで言うなら、お菓子とかが良いと思うが》
（ポテチとか？）
《お前正気か？》
本気で言ったのに正気を疑われてしまった。
《チョコとかで良いだろ。この近くのデパ地下に入ってる店で良いんじゃないか？》
（デパ地下……？）
《そこからか……》
ハヤトはデパ地下なる存在を初めて知り、一つ賢くなったところで戻ってきたエリナと一緒にショッピングモールを後にした。そのまま「ちょっと行きたいところがある」と言ってエリナを連れ出したハヤトは、デパ地下に向かうとピンクの可愛らしくパッケージングされたチョコを購入。
「急にチョコを買われてどうされたんですか？　誰か女性へのプレゼントですか？」
「女性といえば女性だな」
「そう仰っていただければ、プレゼント選びを手伝いましたのに」
そう言うエリナは自分が頼られなかったことに少しだけ不服そうで、

「いや、これはエリナへのプレゼントだよ」

手渡すタイミングがそこしかないと思ったハヤトは、紙袋に入ったチョコをエリナに手渡した。そして、沈黙。エリナはハヤトから渡されたチョコをぽかんとした顔で見つめると、そのままハヤトの顔とチョコの間を視線だけで上下した。

ヘキサにチョコが良いと言われるがままに買ったが、もしかしたらエリナは甘いものが苦手だったのかも知れない。

……プレゼント選びミスったか？

と、ハヤトが戦々恐々としていると、ぽつりとエリナは口を開いた。

「……こ、これを私に？」

「あ、ああ。いつもお世話になってるからさ」

「ほ、本当に……良いんですか？」

「もちろん。こういうのをあげるのは慣れて無くてさ……ごめん」

「な、なんで謝るんですか！　私、わたし……嬉しいです！」

目を輝かせたエリナは嬉しそうに中に入っているチョコを見た。

「ご主人様から……チョコもらっちゃった……」

そして、熱に浮かされるようにそんなことを言う始末。小声だったから助かったが声が大きかったら周りから変な目で見られる所だった。

「私、このチョコ大切にします。ずっとずっと持ってます」

「いや、流石にそれは……」

食べてくれよ、チョコなんだから……。なんてツッコミを心の中でしながら、一気に有頂天になったエリナと一緒に昼食を取り、生活雑貨を買ったり家具を見て回ったりしているとすっかり夜になってしまっていた。

「色々買ったな」

「帰ったら忘れないうちにお兄様の服を作りますね」

「ありがとな」

「いいえ！　ますますご主人様をかっこよくするので期待していてください」

エリナの笑顔に癒やされながら駅に向かっていると、駅前で三人の男たちが一人の女の子を囲うようにしてナンパしているのが見えた。女の子はマスクにフードをしており、顔が上手く見えないが……目元や鼻筋は整っていて、とても綺麗な顔立ちをしているのは伝わってくる。それに、特徴的な桃色の髪の毛。まるでアイドルみたいだ。

「ちょっとくらい良いだろ？　三十分だけ」

「……無理です。忙しいので」

「大丈夫大丈夫。すぐだから、な？」

「ちょっとだけ遊ぶくらいだし、それくらいなら良いだろ？」

「……人呼ぶわよ」

「こんな駅裏で声出したって誰にも聞こえねぇよ」

「ちょっと、いい加減にして！」

女の子の方が大声を出したのにも拘わらず、周りにいる通行人たちは彼らの姿がまるで見えていないかのようにスルーしていく。

「な、なんで……」

「ほら、だから言ったろ？」

男の手が、女の子の腕を掴む。女の子はその手を払おうとしているが、男の腕はびくともしない。

「お兄様、あれって」

「……スキルだ」

『外』でスキルを使うのは犯罪である。その理由は様々だが、やはり一番大きな理由としては簡単に犯罪行為ができるから、と言えるだろう。

今、ナンパを仕掛けている男たちが使っているのは【気配遮断Ｌｖ２】。ダンジョン内部で使えばモンスターたちに気が付かれることなく攻略を進められる便利なスキルだが、現実世界で使えばこのように非探索者たちに気づかれることなく犯罪を行える。

そして警察にバレなければ、スキルを用いた犯罪行為は罪に問えない。

《……ハヤト》

（分かってる）

だからだ。だから誰も、彼女を助けない。

あわや、そのまま女の子が連れて行かれそうになった瞬間、ハヤトはそこに割り込んだ。男たちの身長はかなり高かった。百八十～百九十センチといったところか。そんな男たちに立ち向かうのはハヤトにとって勇気のいることだったが……しかし、見逃せない。

「何やってんだ」

突然の乱入者に、男たちの視線がハヤトに向けられる。刹那、ハヤトは男たちの胸にかかっている探索者証を見た。色から判別するに彼らはハヤトより一つ上の階級のＣランク探索者だ。

「……なんだお前」

「おい、よっちゃん。ちゃんとスキル使ってんのか？」

「もち。だってほら、他の誰にもバレてないだろ？」

「じゃあこいつは……探索者か」

男たちはハヤトの胸にかかっている探索者証を見て……噴き出した。

「おいおい、Dランクじゃねぇかよ」

「Dってあれだよな？　一か月やれば誰でも辿り着けるやつだろ？」

「どうせ最近探索者になって、調子乗ってるガキだろ」

こっちは探索者歴二年だぞ！　と、キレたくなったが二年もやっててDランクなんて無能すぎて笑われるのが目に見えていたので、ハヤトは何も言わず女の子の壁になる。

「こういうクソガキを躾けるのが、一番気持ち良いんだよなぁッ！」

そう言いながら、ハヤトに拳が飛んできた。あまりの急なことに、ハヤトは反応できず殴られる。

「……ッ！」

「おいおい、どうした。さっきの威勢はよぉ！」

【身体強化Ｌｖ３】【心眼】【流離】をインストールします〟

〝インストール完了〟

「……いい加減に」

ハヤトは次いで飛んできた蹴りを受け止めると、

「しろッ！」

その足を掴んでぐるりと回すと、男を投げ飛ばす。ハヤトによって投げ飛ばされた男は腰元に手をやると、素早く短剣を抜いた。

（正気か⁉）

《……スキルを使ってナンパしていた時点で想像はついたが、やはりまともじゃないな》

いくら【気配遮断】スキルを使っているとは言え、こんなところで武器を抜くのがどういう意味を持つのか分からない彼らではないだろう。

だが、探索者には合法的に暴れられるという理由で志望してきた連中も少なくない。そして不幸なことにハヤトが対峙したのは、そういう連中だった。

「まっちゃん！　武器はやばいって」

「うるせェ！　こんなガキに舐められてお前らそれで良いってのかよ！　おい、ちゃんとスキル使っとけよ」

ハヤトは拳を構えると、右手を握りしめて後方に、左手を前に突き出して大きく前傾姿勢を取った。

《……おい、ハヤト。何をしようとしてるんだ》

（……武器を使わずに止めるには、これしかないだろ）

《だが、それは……》

ヘキサが困惑しながらハヤトを止めようとしたが、しかし彼女もハヤトの言う通り武器を使わずにこの場を収めるには、それを使うしか無いことを理解してしまった。

そして、一触即発となったその瞬間、

「おいおい、こりゃどういう状況だ」

聞き覚えのある呑気な声が入ってきた。

「……ダイスケさん？」

ハヤトは構えを解いて後ろを振り向くと、そこにいた見知った人物の名前を呼んだ。筋骨隆々。既に三十代後半だというのに、ど派手な赤い服を着こんでいる。それに加えて、真っ赤な髪の毛。赤一色に身を包んでいるが、それは一つとして悪目立ちをしていない。

そんな男がハヤトの後ろに立っていた。

「おお、ハヤトか！　元気してたか？　二年ぶりだな」

そんな彼はハヤトには気が付いていなかったのか、快活に挨拶してきた。

「ダイスケ？　……その赤髪。まさか、お前が阿久津大輔か！」

一方、目の前の青年は突然の乱入者が思わぬ有名人で声を荒らげた。

「おう、俺がその阿久津大輔よ」

阿久津大輔。日本人で知らぬものはいないほど超有名なAランク探索者。ランキングは日本で上から三番目。『世界探索者ランキング』78位という人間を完全にやめちゃってる人だ。そして、ハヤトと同じくダンジョン攻略の最古参でもある。

「んで、ハヤト。これはいったいどういう状況だ」

「……こいつらが、スキルを使って、この女の子を無理やり連れていこうとしてました」

そう言いながら振り向くと、そこには誰もいなかった。

（あれ？）

《逃げたな》

冷静に考えてみたら厄介ごとを他の人間が肩代わりしたのである。そりゃ逃げるに決まっている。

「はー、なるほどね。だからこそ【気配遮断】スキルか。悪知恵が働くねぇ」

ダイスケはそう言いながら、目を尖らせた。

「ま、ここは俺に任せろや。どっちもなんもするんじゃねぇぞ」

「……くそっ！」

流石に『WER』78位の化け物には勝てないと思ったのだろう。男たちはがっくりとうなだれると、全てを諦めたようにその場で脱力した。

「警察を呼ぶ。後は慣れてるやつらがやってくれるだろうさ」

男たちが逃げ出さないように睨みつけながら、ダイスケは素早く警察を呼んだ。その所作は手慣れているように見え、きっとこれが初めてではないのだろうとハヤトは考えた。

「助かりましたよ、ダイスケさん」

「へぇ、ハヤトが人をさん付けで呼ぶようになったとはな！」

そう言ってダイスケは笑いながらハヤトの背中をバシバシ叩く。

《親戚のおじさんみたいな人だな》

（……その認識で間違ってねえよ）

「最近、どうしてたんだ。あれからお前の話はめっきり聞かなくなったけどよ」

「まあ、ぼちぼちやってましたよ」

あれから、というのは二年前にあった４層攻略の話だろう。全員で挑めば勝てるからとダイスケから攻略の誘いを受けたが、何を勘違いしたのかハヤトは拳だけで４層に挑んで見事に返り討ちにされたという黒歴史のことである。

「けどその様子をみるにまだ探索者やってたんだな。良かったよ。お前は俺より強かったからな」

「昔の話ですよ。それに、俺のほうが若いですし」

今ではダンジョンで強敵と戦い続けているダイスケのほうがはるかに強いだろう。なんてったって78位だし。

「俺はおじさんってか。ははははっ！」

大笑いするダイスケ。

……二年経っても、この人は変わんないなぁ。

「パパー。この人は？」

ダイスケとハヤトが話していると後ろからこれまた真っ赤な服を着た五歳くらいの少女がやってきた。

「パパの仕事仲間だよ」

「探索者だ！」

「初めまして、ハヤトだよ」

「アオイは、葵っていうの」

「アオイちゃんか」

「うん。アオイはね、パパみたいな探索者になるの！」

「そっか。パパみたいな探索者に……」

……『ＷＥＲ』78位？

「……頑張ってね」

「こらアオイ。パパの邪魔しないのよ」

するとと赤ちゃんを抱きかかえたモデルみたいな美人の女性がそう言ってアオイを連れて行った。彼女はダイスケの奥さんだろうか。

「娘さん、大きくなられましたね」

実を言うとハヤトはもっと小さい頃のアオイに一度だけ会っている。

「ああ、家族は良いぞ……って、すまん。お前に言うことじゃなかったな」

「いや、別に良いですよ。気にしてないですから」

家族から捨てられたという話は、最古参でもハヤトと近しい者はみんな知っていることだ。

二年前、いつも掌を血まみれにして戦っていたハヤトに対して武器を買うと言ってくれた探索者たちは少なくなかった。十四歳の親から捨てられた少年が身を壊して戦っているのだ。気の良い連中は少しでも助けたかったのだろう。

だが、ハヤトはその手を払った。自分の力でどうにかしたいと思ったのだ。

《……お前さ、なんでこんな良い人がいて自殺しようと思ったんだ？》

（なんでなんだろうな）

……そんなこと、言葉を濁(にご)すまでもなく分かっている。両親という、世界で一番信用していた人間に裏切られてから、ハヤトは酷(ひど)い人間不信になっていた。だから何の取り柄(え)もなく、何の利点もない自分に対して援助(えんじょ)を言い出す人間をハヤトは信じられなかった。またいつ裏切られるのかが分からなかったから。

探索者になってから、ハヤトが気が付かなかっただけで救いの手は溢(あふ)れていた。しかし、その全てを他ならぬ彼自身が払った。その払った手を、今更(いまさら)どの面下げて取りに行けというのだろう。だから、それを取ることは彼のプライドが許さなかった。ありとあらゆるプライドを捨ててきたハヤトは、それでも最後に誰かに頼るというプライドを捨てきれなかったのだ。そして、きっとそれは今でも変わらない。

「ハヤト、もしまだ金に困ってるようだったらいつでも言ってくれ。装備代くらいは出してやるから」

「いいですよ。それにいつも言ってるじゃないですか、装備買えなくても生活には困ってないって」

《……ん？》

「あんな襤褸(ぼろ)切れみてえな服きてダンジョンでモンスター食ってた奴(やつ)が言うセリフじゃねえよ」

「うっ……。でも、最近改善してるんですよ。今日のランチはパスタでしたし」

「なんだ、ちゃんと飯食ってんじゃねえか」

「いや、人をなんだと思ってるんですか」

「そりゃ飯も食えねえ貧乏人だろ」

「ぐっ……」

「ウチに来たらいつでも嫁さんの旨い料理をくわしてやるぜ」

「へっ。エリナの飯の方が旨いに決まってますよ」

「エリナ？」

ダイスケが首を傾げると、先ほどからハヤトの後ろで荷物を抱えていたエリナが一礼した。

「お兄様がお世話になっております。妹のエリナです」

「おわっ？　これお前の妹？　すげぇ美人だな。……あー、そういや妹がいるって言ってたな」

「料理上手なんですよ」

さらっとダイスケに嘘をついたことに胸が痛む。ハヤトの本当の妹にはもう二年も会っていない。あの家を追い出されてから、関わる機会を失ったから。

「へえ、そりゃ興味あるな。ウチの嫁さんとどっちが旨いのか、勝負してくれや」

「ええ、望むところですよ」

《どうして自分の力じゃないもので、そこまで勝負を挑めるんだ……》

　二人の会話を聞いていたヘキサは呆れ顔。

「そういえば、ハヤト。お前、うちのクランに入る気はないか？」

「どうしたんですか、急に」

「……ウチの一人が辞めることになってな」

　ダイスケのクラン『ヴィクトリア』は前線攻略者しかいないガチ攻略クランである。なんとヴィクトリアにはA、Bランクの冒険者しかいない。Dランクのハヤトが入り込める余裕などないだろう。

「なんでまた」

「戦乙女'sのおっかけやるらしい」

「……ダイスケさんのクランなら、募集かければ人で溢れ返るでしょうに」

「入団試験が厳しいとかで、最近あんまり芳しくなくてな」

「ちょっと緩くしたらどうですか？　育成とかもしてるんですよね」

「どこも人不足でな。お前が入団すれば月謝でこれくらいは出すぞ」

そう言ってダイスケが指を五本立てた。

「5万ですか⁉」

「いや、50だろ……常識的に考えて……。なんで5万でそんな喜ぶんだよ……」

「じょ、冗談ですよ……。でも、ありがたい話ですけど、お断りします」

「他のクランにでも誘われてたか？」

「……俺は、自分の力で追いつきたいんです」

嘘である。ダイスケのクランにはイキってた時を知っている人が大勢いるので、入りたくないのだ。だが、ハヤトはそれを知られないようにカッコつけて答えた。

「……ほう」

「一か月で、前線攻略者になってみせますよ」

「ははは。やっぱりお前は変わってねえな。んで、今は何階層まで進んでるんだ？」

「そろそろ10階層ですよ」

「そりゃ……」

ダイスケはまるで子供の成長を祝う親のように目を細めた。

「いい仲間を持ったな」

「………？」

ダイスケの言っていたことはその場では理解できず、ハヤトは聞き返そうとしたがちょうど警察が来てその話はうやむやになってしまった。

しかし、すぐにダイスケの言っている意味を理解することになった。

というのも、時は進んで二日後、

「そこをなんとかお願いしますっ！」

「さすがにこればっかりは……」

「このとおりです！」

「無理ですって……」

月曜日の朝っぱらからギルドの受付で咲に頭を下げ続けるハヤト。

《まさか、こんなところに障害があるとはな……》

ダイスケと出会ったことでより攻略への意欲があがったハヤトは一気に9階層までクリア。そのままの流れで10階層を攻略しようとしたところで、ギルドから止められたのだ。

そして、咲が言うには、

「ギルドの規則で10層はソロでは攻略できないんです」

とのことである。しかし、仲間も友達もいないハヤトはそれに「はいそうですか」と頷くわけには行かない。震える声ですぐに何故を問うた。

「10層以上は敵の強さが跳ね上がるので、その関門である10層攻略は一人ではできないんです」

ギルドがそう判断するのも当然だ。ハヤトは知らないが10層以上の単独探索者の殉職率は28%。およそ、三人に一人が死んでいる。だが、これが二人組になるとその数字はがくっと下がって7%台に乗るのだ。それが三人パーティーとなると、さらに減る。

なので、二人以上で10層を攻略し、突破できたら単独攻略が可能となるのだ。

だからこそ、ダイスケはハヤトに良い仲間ができたと勘違いしたのである。

「な、なら、俺はどうしたら良いんですか……」

「相方の人を見つけるか、それともクランに所属してもらって、ということになります。あ、ハヤトさんにクランの誘いが来てますよ。ヴィクトリアからです」

その言葉に、咲の隣で受付をしていた男性と入場処理をしていた探索者たちがぎょっとした顔でハヤトを見た。当然だ、かのヴィクトリアは入団試験を設けるほどの人気クラン。そこから勧誘が来るなんて話は誰も聞いたことが無い。

「それは、この間断ったんです……」

「じゃ、このメール消しときますね」

ダイスケ相手に自力でクリアすると言っておいて、一人でクリアできないんで助けてくださいなんて言えるはずもなく。

「どうします？　簡易ペアを組む依頼でも出しときます？」

「そういうのもできるんですか？」

一応、ギルドとしても救済措置を設けている。同じように10層まで単独で上がってきて、友達も頼る人もいないハヤトのような人間同士をくっつけるシステムがあるのだ。

「お金かかりますけどね。ギルドの仲介手数料が」

「……ですよね」

しかしそういうシステムはそれなりに値が張るのだ。ギルドとしてもその場で組んだ即席ペアが強いはずが無いということなど承知している。だから、できるだけ知り合いと組んでほしいという意味を込めてあえて高めに値段を設定しているのである。

言い方を選ばなければ、ギルドは探索者の命に関して責任を負いたくないのだ。

「ちょっと！　どうして一人じゃ10層行けないのよ！」

ふと、遠くから甲高い声が響いた。ハヤトも咲も思わず声のほうを見てしまう。そこにいた少女は恐らくハヤトと同年代。ピンクの髪が視線を吸い寄せると、そこから自然に顔へと視線が移る。はっとするほど美しく、咲に負けるとも劣らないほどに可愛らしい。

しかも、それだけではなく言葉に言い表せない華があった。もしかすると、芸能人。それもアイドルでもしているのではないかと思わせる、そんな雰囲気を漂わせていた。

……ん？　あの人、どこかで……。

「どうして、と言われましても殉職率の関係で……」

少女に説明している男性職員も困り顔である。

「知ってるわよ。けど、私が誰だか知ってるでしょ！」

「はい。ですけど、今のままですと、一人で攻略はできないんですよ」

《ハヤト、お前これチャンスじゃないか？》

ポツリとヘキサが漏らした言葉にハヤトはぎょっとしてそちらを見た。

（……俺に行けってか）

《ほかに選択肢もないだろ》

（……ナンパだと思われるかもよ）

《そこはお前のテクニックしだいだろ》

（くそ……っ）

ハヤトは心の中で一人ため息。

「……ちょっと、声かけてきます」

しかし、それ以外に選択肢が無いのも事実。ハヤトはおとなしくヘキサの指示に従うことにした。

「えっ、ハヤトさん⁉　……う－ん。あの人、どっかで見たことあるような」

咲の言葉は耳には入らず、ハヤトは早鐘（はやがね）のようになる自分の心臓を努めて気にしないように歩きながら、職員を困らせている女の子に声をかけた。

「なあ、あんた」

「何よっ！」

声でかっ。

「組む相手がいなくて困ってるんだろ」

「……そうよ。それがアンタになんの関係があるっての？」

「実は俺もそうなんだ。どうだ、ペアを組まないか」

「いやよ」

一蹴（いっしゅう）。

「そこをなんとか……」

「アンタみたいな頼りない男は嫌（いや）だわ。もっと強そうな人がいい」

「……一応、俺も10層まで一人で来てるんだけど」

「私も一人で来てるわよ！」

「そうっすか……」

《駄目だハヤト！　撤収しろ！》

ヘキサ軍師の指揮の下、ハヤト二等兵決死の撤退。

「……駄目でしたね。けど、ハヤトさんなら大丈夫です！　すぐに見つかりますよ」

一部始終を見ていた咲から慰めの言葉を貰った。けど、気が付いてほしい。こんな時に慰めの言葉は余計に傷を抉るだけなのだと。

「俺は心が折れましたよ……。今日はもう帰ろうかな……」

「簡易ペアの申請、出しておきます？」

「……はい。もうそうしてください」

必要経費と割り切ろう。３万くらいギルドに取られるけど。

「俺は……そこの喫茶店で暇でもつぶしておきます……」

「ペアが見つかったらすぐにお伝えしますよ！」

完全に真っ白になってしまったハヤトの背中を咲は優しく見送ることにした。

「……はぁ」

《ため息つきすぎだぞ》

ハヤトは喫茶店で一番安い珈琲を注文して、ダンジョン攻略本を広げると10層以上を読んで暇をつぶしていたが、一時間経っても二時間経っても一向に咲からの連絡は来ない。

（だってさぁ……。こんなことある？）

《普通に攻略本に書いてあったな。ソロじゃ無理なこと》

（先のページを読まなかったのが悪いけどさぁ……）

そう、暇つぶしのために攻略本を開いたら10層の最初のページの最初の行に書いてあったのだ。単独攻略は不可能だと。

（もう昼時だよ。こんなに遅いならここで待たずにダンジョンに潜れば良かったなぁ……）

《終わったことを嘆いても仕方あるまい》

「はぁ……」

既に何回目になるか分からないため息をついた瞬間、

「見つけたわっ！」

喫茶店の中に大声が響いた。

……うるさっ！

喫茶店の中にいた探索者たちの視線が声の主に集まる。案の定というか、声の主は今朝の少女だった。彼女はカツカツと音を立ててハヤトのほうにやってくると、彼のテーブルの前にある椅子にどっかり座った。

「まだペアは見つかっていないようね」

「……まぁ」

「私が組んであげてもいいわ」

「お前も見つかんなかったのか」

「ち、違うわよ」

「………」

ハヤトは彼女の顔をじぃっと見た。少女はすぐにそっぽを向いて答えた。

「そ、そうよ。見つからなかったのよ。何か悪いわけ？」

「いや、別に……。俺はハヤト。Dランク探索者だ。よろしく」

探索者同士に余計な談笑は必要ないだろう。ハヤトはそう言って手を差し出した。だが、それに握手は返されず変わった質問が返ってきた。

「ねぇ、ハヤト。私、アンタとどっかで会ってない？」

《新手のナンパか？》

ちなみにこれはヘキサのボケだったのだが、そのナンパという言葉でハヤトは思い出した。

「もしかしてこの間、駅前で男に絡まれてた？」

「そうだけど、なんでハヤトがそれを……って、あああっ！」

だから声がでけぇよ。

合点がいったのか、大きな声で叫んだ彼女はハヤトを指差した。

「どっかで見たことあると思ったら！　あの時ナンパから助けてくれた奴じゃない。なんで最初からそう言ってくれないのよ」

ハヤトも彼女をどこかで見たことがあると思っていたのだが、まさに彼女こそハヤトがナンパから助けたのにいつの間にか逃げていたあの女の子だった。

「私は、はなぞ……いえ、唯よ。一日だけだと思うけど、よろしく」

「ユイさんか。よろしく」

「様づけでもいいわ」

「……よし、潜るか」

「ちょっと無視しないで？」

変なやつと組むことになったなぁ、と思いながらハヤトは今日一番のため息をついた。

《ちゃんと生還できればいいな》

ほんとだよ。

そう言うヘキサに、ハヤトは心の中で大きく頷いた。

「確認するけど、10層に足を踏み入れたことはあるんだよな」

　ハヤトはダンジョンに潜る宝珠の前で尋ねた。10層に入ったことが無ければ9層の階層主を攻略しなおすことになるからだ。

「昨日の夜にちょっとだけいたわ。入るなり探索者証からビービー音が鳴るから慌てて帰ったわよ」

「俺と似たようなもんだな」

　ギルドは単独攻略を申請している探索者が初めて10層に足を踏み入れた場合、警報を鳴らすように設定している。殉職率を少しでも下げようとするギルドの涙ぐましい努力の結果である。

「なら、転移は10層で良いな？」

「もちろん」

「よし、行こう」

　ハヤトの手が宝珠に触れる。ユイもそれに続いて手を触れた。

　ぱっと、二人の身体を光が包む。気が付くと既に10層に到着していた。

「……暗いな」

「灯りはあるの？」

「ちょっと待ってろ」

10層は洞窟ステージと呼ぶべきか、一切の光が無い洞窟がダンジョンだ。そのため、ダンジョンに潜る際には灯りが必須となる。

ハヤトは9層で採れる〝水灯石〟と呼ばれる石を取り出すと、水で満たされたカンテラの中にその石を浸けた。石はわずかに泡を発生させると、激しく光り始める。

この石は汚い水を浄化する性質があるらしく、インフラが整っていない国々に無料同然で配られているらしい。夜の灯りになって水も綺麗になるという一石二鳥の代物だ。喉から手が出るほど欲しい連中はたくさんいるだろう。

「カンテラは俺の腰につけておく。ここで確認だが、今日の目的は10層の突破で良いんだな？」

「そうよ。私の実力なら10層なんて簡単に突破できるから」

「……へぇ、さいですか」

イキるのはちょいとやめてほしい。昔を思い出しそうになる。

「ユイさんは何を目指してるんだ？　前線攻略者か？」

足元が水で濡れていたり、岩が突きだしているお世辞にも歩きやすいとは言えない岩の上を二人は丁寧に歩きながら、ハヤトは沈黙に耐えかねて口を開いた。

「……知らしめるのよ」

「は？」

「私の実力を知らしめるの」

「誰に？」

「みんなによ。クランのみんな。ファンのみんな、マネージャー、そして両親に」

「……ユイさんは芸能人かなんかなの？」

「えっ！　もしかしてアンタ、私のこと知らないの⁉」

「うん。俺の家、テレビ無いから」

「テレビなくても、他の電子機器くらい持ってるもんじゃないの⁉」

「いや、持ってない……」

「まだ私のこと知らない人がいたなんて……」

「……とんでもない自信家だな。そんなに有名なのか」

「そりゃ、ね」

そのとき、ユイはふと悲しそうに笑った。

「どうした？」

「私たちは分不相応に有名になったから、大変なのよ」

「へぇ。有名税ってやつか」

ハヤトはこっそり生み出した短槍で暗闇から襲ってくるモンスターたちを倒していく。

なぜこっそり生み出したかと言うと、【武器創造】のスキルを持っていることは他人に知らせないでおこうとヘキサと合意したからだ。

「アンタはなんで探索者なんてやってんの？」

「俺？ 俺にはこれしかないからな」

「……どういうことよ」

「これしか暮らしていく方法がないんだよ」

「……アンタも相当訳ありっぽいわね」

「そうでもないぞ」

《いや、お前は十分訳ありだろ……》

暗闇の中を進むこと三十分。二人はモンスターが発生せず、近寄りもしない安全圏で地図を広げて、どこまで進んだかを照らし合わせる。

灯りが無ければ伸ばした腕の先も見えないほどの闇を腰に付けている灯りだけで進んでいくというのは、とても精神が疲弊する行為だった。先頭を歩くハヤトは勿論のこと、後ろを歩くユイも参っていたみたいで、安全圏を見つけた時は柄にもなく二人してハイタッチをしてしまうほどだった。

「こっから道なりに進めば階層主(ボス)部屋だ」

「階層主(ボス)は……『ブラッディー・バット』よね？」

「ああ。大きさ四メートル。捕(つか)まえた人間の血液を全(すべ)て飲み干すらしい。できるだけ捕まらないように、捕まったらいったん落ち着いて距離(きょり)を取ること。そのまま二人して捕まったら助かるチャンスも無くすからな」

と、ハヤトは本に書いてあることをそのまま読み上げる。一方のユイはその話をうんうんと素直(すなお)に聞いていた。

「……意外だな」

「何が？」

「てっきり、『知ってることの確認なんていらないわ！』なんて言うものだと思ってたから」

「本番前の予習(リハーサル)は何度やっても、やり足りないじゃない」

《ほう？　ただの自信家だと思っていたが、そうでもないのか……？》

ヘキサが訝(いぶか)しむようにユイを覗(のぞ)き込(こ)む。だが、思念体の彼女の姿はあいにくとハヤトの目にしか映らない。

「そう言う割には、攻略本とか持ってないのか？」

「……知らなかったのよ」

「なんだ。俺と一緒(いっしょ)じゃん」

「全部マネージャーがやってくれてたから」

「お嬢様(じょうさま)かよ……」

これが格差ってやつか……。と、ハヤトは心の中で一人泣いた。

「じゃ階層主(ボス)も近いだろうし、ここで互(たが)いの手の内をさらしておこう。ここまで戦闘(せんとう)らしい戦闘もなかったからな」

「そうね。私は状態異常付与者(デバッファー)よ。睡眠(スリープ)、麻痺(パラライズ)、毒(ポイズン)。なんでもいけるわ」

「俺は見ての通り前衛職だが、初級でよければ魔法(まほう)スキルも使える」

多分、初級(Lv1)以上も使えるとは思うけども。

「単独(ソロ)攻略の王道らしい全状況対応者(オールラウンダー)ってわけね」

「そういうこと。ただ前衛八、後衛二くらいで偏(かたよ)ってると思ってくれ」

「分かったわ。私が後衛でブラッディー・バットを麻痺(パラライズ)、もしくは肉質軟化(リダクション)するから、その隙(すき)に決めて」

「オーケー。単独(ソロ)攻略を渋(しぶ)るギルドの連中を見返してやろう」

「勿論よ！」

二人は拳を突き合わせて笑った。即席のパーティーでもなんでも、十層を越えないことには、前線攻略者なんて夢のまた夢だ。

「じゃ、行くか」

「ええ。準備は良い？　即席の相棒さん」

「かっこいい呼び方すんな」

「男の子ってこういうの好きでしょ？」

はい。大好きです。ハヤトはガッツポーズをこっそり決めた。

しかし、そこからが大変だった。安全圏まで全然モンスターが出てこなかった反動か、今度は階層主部屋まで信じられないほどのモンスターに襲われたのだ。

だが、

「『麻痺！』」

「『睡眠！』」

「『混乱！』」

ユイの状態異常がとんでもないほど刺さった。一方ハヤトもハヤトで【暗視】スキルにより丸裸になった敵を先制攻撃で減らしていった。

結局、階層主(ボス)部屋にたどり着いたのは安全圏(セーフエリア)を出てから一時間後のことであった。

「ユイさん、MPは大丈夫か？」

魔法系のスキルはMPを消費する。これは0に近づけば近づくほど、眩暈(めまい)や吐(は)き気(け)を催(もよお)し、0になると気絶するという非常にシビアなステータスだ。HPに次いで管理しなければいけないステータスでもある。

「さっきポーションを飲んだからかなり余裕はあるわ。あとユイでいいわよ。さん付けしてたら戦うときに面倒(めんどう)でしょ」

「そう、だな。行こうか、ユイ」

「様をつけてもいいのよ？」

「よし、扉(とびら)を開けるぞ」

「ちょっと、無視しないでよ」

ハヤトは階層主(ボス)部屋の扉を体重をかけて開く。ゴゴゴ、と石のこすれる音が響いて階層主(ボス)部屋の中に灯りが灯(とも)る。

十メートルはあるだろう天井(てんじょう)にぶら下がっているのは巨大(きょだい)な蝙蝠(こうもり)。

「行くわよ、ハヤト！」

「ああ！」

かくして、即席パーティーのボス戦が始まった。

「『麻痺(パラライズ)！』」

先制攻撃を仕掛(しか)けたのはユイだった。ユイのスキルで生み出された電撃(でんげき)の槍が、まっすぐブラッディー・バットめがけて飛んでいく。ハヤトは短槍を構えた。

〝【神速の踏み込み】【鈍重(どんじゅう)なる一撃(いちげき)】【音波保護】をインストールします〟

〝インストール完了(かんりょう)〟

ブラッディー・バットは電撃の槍を容易(たやす)く躱(かわ)すと、落下しながらハヤトめがけて体当たりを仕掛けてきた。

「ハァッ！」

ハヤトのアクティブスキルである【鈍重なる一撃】が発動。落下してきた巨大な蝙蝠めがけて槍が突き刺さった。

「――――AAAAAAAAAAAAAA！！」

耳をつんざく悲鳴と共に、蝙蝠の血と抉れた肉が地面に撒(ま)き散った。

「『毒(ポイズン)！』」

その傷口めがけてユイの毒液が飛び込む。直撃(ちょくげき)。

蝙蝠はふらりと身体を揺(ゆ)らすと、二人から距離を取るべく空へと浮(う)かんだ。だが、明らかに動きがおかしい。酔（よ）っ払（ぱら）いのようにふらふらしている。

「よし、毒が効いてるわ！」

「ナイスアシストだ、ユイ！」

ハヤトは【神速の踏み込み】を連続使用。ドドドンと、三連打で壁（かべ）を蹴（け）りあがる。四歩目で大きく壁を蹴ると跳躍（ジャンプ）。不規則に舞（ま）うブラッディー・バットの背中に短槍を叩（たた）き込んだ。

「……ふっ！」

その瞬間（しゅんかん）、蝙蝠が大きく空中で暴れだしたのでダメージを食（く）らわないようにハヤトはブラッディー・バットの背中から飛び降りた。

「だいぶ効いてるわね。一気に片を付けるわよ！　麻痺（パラライズ）！」

二度目の麻痺（パラライズ）。今度はブラッディー・バットの芯（しん）を捉（とら）えるとその巨体（きょたい）を縛（しば）って地面に落とした。

「これで決めるッ！」

ハヤトは疾走（しっそう）。地面に落ちたブラッディー・バットがなんとか身体を動かそうと身をよじっているその頭めがけて【鈍重なる一撃】を発動。

ズドン！　と雷（かみなり）が落ちたかと思うほどの轟音（ごうおん）が階層主（ボス）部屋に響いてブラッディー・バッ

トの頭を消し飛ばした。

「やるじゃないハヤト！」

ぱっ、と血を払ったハヤトに、後ろにいたユイが近づいてきた。だがそれは、

「馬鹿ッ！　まだ、身体が消えてないっ！」

油断の現れだ。

果たしてハヤトのアドバイスが届くよりも先に、ブラッディー・バットが動いた。

「ＧＹＡＡＡＡＡＡＡＡＡＡＡＡＡＡＡＡＡＡＡＡＡＡＡＡＡＡＡＡＡＡＡＡ！！！！」

骨が砕けるのではないかと思うほどの咆哮。【音波無効】のスキルを持っているハヤトですらも、瞬きの間だけ動きが止まる威圧。だが、すぐに身体を動かすと彼はブラッディー・バットの身体を壁に縫い留めるべく【鈍重なる一撃】を発動。

だが、

「……ッ！」

ブラッディー・バットは穴の開いた風船のような不可知の機動でそれを避けるとハヤトに体当たり。ズドン、と巨体がぶつかった衝撃がハヤトの身体に走る。その瞬間、ボロボロだった防具が粉々に砕け散った。

「クソッ！」

そして、ブラッディー・バットはそのまま突き抜けるとユイの身体をがっしりと捕まえた。

「ユイッ！」

……まずい。ブラッディー・バットは人の血を吸う。

「させるかッ！」

ハヤトは砕けた防具の破片をまき散らしながら疾走。目の前で今にも血を吸おうとしているブラッディー・バットを視界の中心に収める。

〝【鈍重なる一撃】を排出〟

〝【火属性魔法Lv3】をインストールします〟

〝インストール完了〟

「貫けッ！」

ハヤトがイメージしたのは、昔一度だけ見たことのある狙撃銃。次いで空気を破裂させる音が階層主部屋に響くと、炎弾に羽を貫かれたブラッディー・バットがユイを手放して空へと舞った。

「間に合えッ！」

【神速の踏み込み】を二回発動。ハヤトは落下するユイの真下に滑り込むとそのままキャッチ。スライディングの要領でブラッディー・バットと距離を取る。

「あっ、ありがとう……」

「立てるな!?」

「っ！　勿論！」

今は礼などいらない。必要なのは互いが生き残ること。

「爆(は)ぜろッ！」

ハヤトは手元に炎(ほのお)を集中。次の瞬間、大砲(たいほう)のように炎が弾(はじ)きだされる。羽を撃(う)たれて、上手(うま)く舞えないブラッディー・バットに炎塊(えんかい)が直撃。耳をつんざく爆発音(ばくはつおん)と共に、光が階層主(ボス)部屋を舐(な)める。

立ち上がった瞬間に激しい眩暈。

ＭＰ切れだッ！

「よくも私をッ！　『死に至る猛毒(デッドリーヴェノム)！』」

その隙を埋(う)めるユイのスキルが発動。今までのような初級の状態異常スキルではない。ＭＰ消費は激しいが、中級の代物だ！

生まれた猛毒がブラッディー・バットに触れた瞬間、ここ一番の咆哮が部屋を埋めた。よく見ると、肉体そのものが溶(と)け始めている。苦しいはずだ。

「終わらせるぞ！　ユイ！」

「勿論よ、ハヤト！」

言うが早いかハヤトは身もだえするブラッディー・バットめがけて走り出す。

「『魂縛る鬼の鞭（ソウルパラリス）』！」

さらにユイのスキルが発動。寸分違（たが）わず命中すると、ガッチリとブラッディー・バットの身体を固定（ホールド）。ハヤトは弱点を狙（ねら）うために跳躍。

〝【火属性魔法Ｌｖ３】を排出（イジェクト）〟

〝【狂騒（きょうそう）なる重撃】をインストールします〟

〝インストール完了〟

「オオッ！」

ズドドドドドドドドッツツ！

絨毯爆撃（じゅうたんばくげき）のような轟音と衝撃波（しょうげきは）が生まれ、ブラッディー・バットの身体を潰していく。

「オラアッ！」

最後の一撃をブラッディー・バットの頭に叩き込んで、残心。ブラッディー・バットは最後に力なく哭（な）くと、その巨体を地面に落として黒い霧（きり）になった。

「……終わったのね」

シン、とした静寂（せいじゃく）を破ったのはユイ。

「ああ。これで終わった」

「良かったわ……うッ……」

「ん？　おい、どした⁇」

「うぇぇぇぇぇぇぇ」

……キラキラキラキラ………。

ハヤトにとっては初めて見る女性の嘔吐シーン。他人のソレなんて見たくなかった……。

《重度のＭＰ減りだ。ポーションを飲ませてやれ》

（いや……俺も……ＭＰ切れ）

《…………》

思わず貰い嘔吐をしそうになるのを必死にこらえてハヤトはＭＰポーションを一口飲む。

一度深呼吸をすると、吐しゃ物の上に倒れ込みそうになっているユイの身体を抱きかかえてＭＰポーションを飲ませた。

「うえっ……」

そして彼女はＭＰポーションを飲み干すと同時に気絶した。

「……お疲れさん」

ＭＰポーションが効くまでには少し時間がかかる。彼女のアシストのおかげでＭＰ切れの隙をつかれなかった。ユイもユイで口では尊大に振舞っていたが、なんだかんだMPが切れるまで力を出してくれた。

相棒らしく、目を覚ますまで介抱すべきだろう。

だからハヤトはユイが目を覚ますまでの間、ずっと彼女の体勢が楽になるようにと膝を枕代わりにしていた。

「……終わった」

意識を取り戻すや否や、ユイがそう言った。

「何が」

「私の芸能人生よ！」

「……なんで」

「なんでって、あんな醜態見られてアイドルできるわけないでしょ！」

「ユイってアイドルだったのか」

「……そいやアンタはそのレベルだったわね」

「ユイはMP切れになるまで一生懸命に戦ったんだから、褒められるべきであって、醜態でもなんでもないだろ」

「口ではそう言うけど、マスコミにリークするつもりなんでしょ！　絶対ゴシップ紙のトップ記事よ！　うわーん！」

「泣くほどか……？　もうちょっと人を信じろよ……」

「じゃあ証拠だしてよ！」

「は？」

「アンタが絶対裏切らないっていう証拠だしてよ！」

「子供かよ……」

「はーやーく！　証拠！　証拠！」

幼児のように駄々をこね始めるユイ。

……アオイちゃんのほうがしっかりしてるぞ。

「おい、駄々こねるのはいいのかよ」

「別に『駄々こねる』っていう文面なら可愛らしいイメージは消えないでしょ」

「……ユイ、お前………」

「……何よ」

「芸人も大変だなぁ……」

ハヤトはしみじみとした顔で頷いた。

「芸人じゃないし!!　なにその顔！　むかつく！」

　普通の顔してるのにひどい。

「証拠は出せないけど、口止め料代わりにブラッディー・バットのドロップアイテム貰ってもいいか？　防具を新調しないといけないんだ」

「えっ、その程度でいいの？　最初っからあげるつもりだったわよ」

「……要らないのか？」

「別にお金に困ってないし」

《……嫌味な奴だなぁ。お前もなんか言ってやれ》

（いや、別に俺も困ってない……）

《あ？》

「あ、そうだ。追加で私のサインあげるわよ」

　ふと唐突にそう言いだしたユイ。

「要らねぇよ……」

「売れるわよ！」

「自分でそういうこと言うなよッ！」

「口止め料だと思って受けとりなさいよッ！」

「もう貰ってるよ！」

かくして無理やりサインをしようとするユイから逃げる鬼ごっこはそれから三十分ほど続いた。

「なんだかんだありましたけど、無事に10層クリアできました」

ハヤトは10層をクリアした後、単独で帰還。ユイがMP切れというので心配したが、一緒に帰ると誰かに見つかった時に恥ずかしいといわれたので先に帰ってきたのだ。幾らなんでもユイがあのまま11層を攻略するということは無いだろう。

「ドロップアイテムはハヤトさんの物でいいんです？　バディ間で分割はされないんですか？」

「いや、俺のものです。なんでもお金に困ってないとかで……」

「変わった人もいるんですね……。じゃあ少し待ってくださいね」

咲は重さと大きさを調べると、パソコンでドロップアイテムの適正価格をサーチ。

「あ、出ました。手数料を引いて45万円ですね」

「45万円です」

「……はい？」

「……高くないですか？」

「ハヤトさんの拾ったこれはかなり大きい【ブラッディー・バットの晶石】なんです。これって、今使われてる最新鋭（さいしんえい）の電子機器、その集積回路（IC）に必須なんですよ。どこの企業（きぎょう）も高値で買い取ってます」

「……それにしては部屋の前に他の探索者（たんさくしゃ）がいなかったんですけど」

ドロップアイテムが高く売れるなら階層主（ボス）部屋の前に列ができるほど探索者が殺到（さっとう）してもおかしくないと思うのだが。

「だってハヤトさん、10層をクリアした探索者はもう中域攻略者（ミドルランナー）ですよ？ わざわざ10層の視界が悪い中で何度も攻略しようとする探索者さんはいないんです。もっと割の良いところはたくさんありますから」

「なるほど。そういうことですか」

「だから、この晶石（しょうせき）は高いんですよ」

そう言って咲は微笑（ほほえ）んだ。

初心者や低層攻略者には縁遠（えんどお）いが、中域攻略者（ミドルランナー）になると前線攻略者（フロントランナー）が目指せる。せこせこと10層を攻略するよりも上を目指すのだろう。

《10層という絶妙（ぜつみょう）な階層だからここまで高くなるんだろうな》

（初心者は簡単に届かず、攻略できる頃（ころ）には前線攻略者（フロントランナー）を目指すようになるもんなぁ）

「高値のドロップアイテムも入手されたことですし、これを機に防具を一新されてはいかがですか？」

「そんな簡単に言いますけど……」

防具は高い。常識である。

「防具無しだと私がダンジョンに入れさせないですよ！」

「そんな……」

「だって、そんな危ないことさせるわけにはいかないじゃないですか？　それに50万なんて中域攻略者（ミドルランナー）ならすぐ稼（かせ）げますよ」

「……とりあえず、今日は一度帰って考えます」

「ちゃんと買わなきゃダメですからね？」

《私も買ったほうが良いと思うぞ。10層以上の敵に対して今のお前は防御力（ぼうぎょりょく）が低すぎる》

「……はい」

10層以上の攻略に使われる防具は間違（まちが）いなく中級者向け（ミドルレンジモデル）だ。値段は初心者向け（エントリーモデル）の三、四倍は普通に超（こ）える。はっきり言おう。50万では到底（とうてい）足りない。

すっかり日の暮れた街の中を、さび付いた自転車にしょぼくれた少年が乗って走っていく。

「……借金だけはしないように生きてきたんだけどなぁ」

悲しいかな、ハヤトの貯金額では中域攻略者（ミドルランナー）の防具は到底買えない。

《借金って言えば聞こえは悪いけど、言ってしまえば投資だろ？》

「そりゃ、まあ、そうだけど……」

《何をそんなに渋ってるんだ》

「両親に、借金だけはするなって言われて育ったんだよ」

《だからなんでお前はそういうところで真面目（まじめ）なんだよ……》

「けど防具が壊（こわ）れたままで潜（もぐ）るわけにもいかないしなぁ……」

《分かってるなら、ウダウダ言わずに早く決めろ》

「うわぁい」

《なんだその返事は。分かってんのか？》

帰宅してすぐに防具が壊れたという話をエリナにすると、彼女はハヤトを上から下まで見つめて、ぽん、と手を打った。

「じゃあ私が作りましょうか？」

「え？」

「だから、私が作りましょうか？　ご主人様の防具」

「作れるの？　防具を？」

「はい。作れますよ。この間、ご主人様の服を【裁縫】スキルでたくさん作ったじゃないですか」

「ああ、そうだな」

　隣街への買い物から帰ってすぐに、エリナはハヤトの服をたくさん作ってくれた。デザインを忘れないうちに、とは本人談である。

「そのときにスキルの習熟度？　みたいなものが上がって、防具を作れる【防具造成】スキルを覚えたんです」

「はぇ……」

　確かにスキルの中には、あるスキルの習熟度が一定を超えることによって入手できるタイプのスキルもある。だが、それは【身体強化】スキルのように『Lｖ１』だったものが『Lｖ２』になるという、いわゆるスキル成長のことだ。

【裁縫】スキルから【防具造成】のようにスキルの内容に関連があるものの、名前が全く別のスキルになるなんてハヤトは聞いたことがなかった。だが、彼女は奉仕種族。人間とはスキルの習得が違うんだろうと納得した。

「……ただ」

　エリナは少しだけ言いづらそうな表情を浮かべると、

「材料は別で必要ですけど」

「……なるほどな」

つまり、【裁縫】スキルと同じなのだ。あれも無から服は生み出せず、素材となる布などが必要となる。

《材料持ち込みのオーダーメイドみたいなものか》

「なんだそれ」

エリナはヘキサが見えるので彼女と会話するときに一々心の中で尋ね返す必要がなくて良い。

《防具の購入には大きく分けて二つの方法があるんだよ。一つは既製品……つまり、予め用意されている防具を買うタイプ。大量生産大量消費を前提に作られているから安い。だが、性能は悪い》

「ふむふむ」

《もう一つが材料持ち込み型のオーダーメイド。こっちは防具の素材となる材料を自分でダンジョンから持ってこなければいけないうえに値段が張る。けどな、それを補って余りあるほどの性能を持っていることがほとんどだ》

「……なるほどなぁ」

ハヤトは感心しながら頷くと、狭い部屋の中にどっかりと座り込んだ。

「エリナだったら、どんな防具が作れそうなんだ？」

「そうですね……。素材にもよるとは思いますけど甲冑タイプか、革タイプかで変わってきますね」

「革が良いなぁ」

単独で探索者をやっているハヤトにとって、甲冑タイプの防具は重い上に取り回しが悪く、足かせにしかならない。だから軽くて身動きの取れる防具が良いと思ったのだが、

「でしたら、明日防具ショップに見に行きますか？　実際にどういうものがあるのかを見た方がイメージ付きやすいと思いますし」

「確かに」

「じゃあ、午前中のうちに見に行きましょうね」

防具を買うなら早い方が良い。エリナの言う通りにして、今日は早く寝ようとハヤトは考えた。

翌朝、ハヤトたちは錆だらけの汚い自転車を漕いでギルドの冊子に書いてあったオススメ防具ショップに向かった。場所はギルド近くの一等地。探索者たちが寄りやすい立地なんだなぁ……と、思いながら自転車を漕いでいると厳つい店舗が出迎えてくれた。

一階の一部分がガラス張りになっており、真っ白で清潔感のあるビルのような建築物。店の入口には、これまた白く淡い光で『D&Y』と記されている。

「……あれ？　ここってこんな建物派手だったっけ？」

「ご、ご主人様。絶対に自転車で来るところじゃないですよ……」

「だよな……」

店に入る前から伝わってくる高級店感。明らかに場違いな雰囲気を感じて、ハヤトは自転車をギルドに置きに行くと、歩いて店まで戻ってきた。

《大丈夫か？　見た感じ前線攻略者を相手にした店のようだが……》

（実際に買うわけじゃないし……良いだろ……）

ガラス張りになっている店の中には、ハヤトですらもどこかで見た覚えのある探索者たちが買い物をしている。ヘキサの言う通り前線攻略者を相手にした店だ。ハヤトの想像している値段より0が一つや二つ多い可能性がある。

（こ、ここまで来たんだ。行くしかない……ッ！）

もしかしたら咲さんが、『これくらい稼げるビッグな男になってくださいね』という励ましのメッセージでここを教えてくれたのかも知れない！

「は、入ろう……」

　実際にはギルドの冊子に書かれているので一番近くにあった店を選んだハヤトの選択（せんたく）ミスなのだが、そんなことには気が付かない彼（かれ）は己（おのれ）を奮い立たせると店の中に入った。

「いらっしゃいませ。本日はどういったご用件でしょうか」

　入店するなり早々にスーツを着た三十代くらいの男性が隣についた。

（ひぇ……っ）

《なんで店に入っただけで怯（おび）えてるんだ……》

　店の中に入ったは良いが、外から受けたイメージと全く変わらないほどの高級感。思わずハヤトは逃げ出したくなった。そんなハヤトに代わって、エリナが答えた。

「兄の防具が壊れてしまって、こちらなら良い物があるかと」

「かしこまりました。失礼ですが、お兄様は現在何階層を攻略されているのですか？」

「き、昨日10階層を攻略しました……」

「中域攻略者（ミドルランナー）でございますか。失礼ですが、役職はどちらでございますか？」

（や、役職って何？）

《は？　お前、探索者だろ？　なんでそんなことも知らないんだ??》

（ずっと単独（ソロ）攻略だったから……）

《役職ってのは盾役（タンク）とか攻撃役（アタッカー）とか、まあそういった奴だよ。ハヤトは単独（ソロ）だって言えば

いい》

（前衛とか後衛とかとは違うの？）

《それをもっと細分化したもんだ。ま、とにかく単独(ソロ)って言え》

「役職は……無いです。単独(ソロ)なので」

「ではこちらにどうぞ」

そう言って案内された先にあったのは、軽装を中心とした装備の数々。だがそこに書いてある値段を見てハヤトは絶句。一番安くて350万円とちょっと。

「こ、これは……？」

その一番安い奴をハヤトが指すと、

「はい。こちらは15層のモンスターである『レッサー・ワイバーンの鱗(うろこ)』を必要最低限の部分だけ使った防具でございます。布部分は13層の階層主(ボス)モンスターである『スピア・モス』のドロップアイテムである『メタルシルク』で作られています。メタルと言っても非常に軽く、耐久性(たいきゅうせい)も十分です」

「な、なるほど……」

「衝撃ですと二・〇トンまで、斬裂なら一・七トン。噛みつき(バイト)ですと、一万二千ニュートンまで耐(た)えられます」

「へ、へぇ……」

やばい、微塵も理解できない。

「なるほど……。価格に対しての性能比がすごく高いですね」

「ありがとうございます」

エリナがぽつりと褒めると、スーツの店員は深く頭を下げた。

（……仲間はずれにされてる気分だ）

《この機にこういうことを勉強したらどうだ？》

（やだよ。めんどくさい）

《そういうとこだぞ》

（…………）

ハヤトはヘキサには返さず、近くによってマネキンに飾られているその防具を見た。『メタルシルク』という素材を使っているからか、防具の色は真っ白。一切のくすみがなくて、綺麗な形をしていた。

だが、使用されている素材はどちらもハヤトがいる10階層よりも深くにいるモンスターからドロップするもの。同じ性能の防具を作るには、ハヤトはもっと深く潜らなければいけない。しかし、もっと深く潜るためには防具がいるのだ。

（ぼ、防具を作るのに防具がいるのか。これが堂々巡りってやつ？）

《違うと思うぞ》

ヘキサが冷静なツッコミを下したとき、ハヤトの目に……ふと、ある防具が目に入った。

それはハヤトですら見とれてしまうほどのデザイン。青を基調とした落ち着いた装飾。守るということと、着るということを両立させたように思えるそれは、最近お洒落にハマり始めたハヤトが目を奪われるのには十分だった。

「……これ、いいな」

思わず、そう呟いてしまうほどに。

一見するとロングコートのような布部分は、全身を防御するために広げられたものであり、環境の変化が激しいダンジョンの中でも気候による影響をなるべく抑えるのが目的で作られたデザインだろうというのが、疎いハヤトにも見て分かる機能性とデザイン性の高さ。

ハヤトの目が輝いていたのだろう。店員はすぐさま答えた。

「こちらは22層の鉱山地帯で手に入る『ブルーダイヤモンド』の粉を21層の『炉蚕』に食べさせた後にできるシルクを使って編まれた一品でございます。生地は文字通りの絹ですので着心地は勿論のこと、物理耐久性、魔法耐久性も優れた一品でございます。しかもこちらの別色をあの藍原様もご使用になられています」

「藍原って……あの藍原？」

「はい。『剣姫（デスペラード・プリンセス）』の藍原様でございます」

……うっわ。

《何故そうドン引きするんだ。中々良い一品じゃないか》

（俺アイツと装備被りたくないんだよ……）

ハヤトの声色が結構ガチだったので、ヘキサは今一度ハヤトの記憶を読み直して、《うっわ……》と声を出した。想像していた三倍ほどヤバかったので彼女も一緒にドン引きである。

「お兄様、藍原様というのは？」

「ん？　そうか、エリナは知らないか。藍原ってのは俺と同じ十六歳にして『世界探索者ランキング（WER）』日本2位の化け物だよ。現役女子高生探索者ってので何度か雑誌とかテレビにも出てるぞ」

「日本2位っていうと、あの阿久津様より上なんですか？」

「そうだ。けど……」

「けど？」

「性格に難ありなんだよ……」

「お会いしたことがあるのですか？」

「昔に、ちょっとな……」

あんなのと同じモデルの装備を着て戦ってたら他の探索者に何言われるか分かったもんじゃない。というか、イキってた頃のハヤトに話しかける人間はダイスケみたいなお人好しか、ハヤトと同じように頭のおかしい奴だけだ。ちなみに件の藍原は問答無用の後者である。

「申し訳ないんですけど、他のを見てもいいですか……？」

「お気に召しませんでしたか？」

「ええ、ちょっと。シオリ……いや、『藍原』と同じ防具はちょっと……」

その言葉に男性店員は微笑んだ。大方、同い年の女の子と同じ装備を使いたくない思春期男子に見えていることだろう。だが現実は違う。同じ防具を付けてもし出会おうものなら、ハヤトはどんな目にあうか分からないからである。

「というかお兄様、この防具かなり良いお値段しますよ？」

「え？　は!?　１３５０万!?　一体誰が買えるんだ……」

「こちらは上級者向けでございますから。性能に見合って、お値段も上がっております」

シオリの奴こんな高い防具着てんのかよ……。

しかし、彼女はハヤトと違って有名人。色んなテレビや雑誌、ＣＭなんかにも引っ張りだこだし、そもそも『世界探索者ランキング（WER）』日本2位というのは前線攻略者（フロントランナー）の中でもトップクラス。探索者の上澄み（うわず）中の上澄みと言っても良い。

そんな彼女が高校生といえどもこれほどの価格の防具を買えるというのは、探索者には夢があるというべきなのだろう。

探索者の中でも底辺中の底辺である彼がそんな防具など買えるわけもなく、というかそもそも買うつもりも無いので適当な理由を付けて『Ｄ＆Ｙ』の防具ショップを後にした。

買わなかったのに見送りまでしてもらって、恥ずかしい気持ちでいっぱいになりながらハヤトは帰宅。その途中（とちゅう）に自転車の荷台に腰掛（こしか）けているエリナが言った。

「防具の性能とデザインは大体頭に入ったので、あとは防具に必要な素材ですね」

「でも、中域攻略者（ミドルランナー）の素材ってどれも10層より深いところのドロップアイテム使ってるんだよな。今の俺じゃ取りに行けないんだよ」

「大丈夫ですよ、ご主人様。私にお任せください！　別に深いところの素材を使ったからと言って、良い性能の防具が作れるとは限りません。私にしかできない方法でご主人様の防具を作りますよ」

「マジ？　でもどうやってやるんだ？」

「追加効果を発現させるんです」

「追加効果って……あれだろ？　武器固有のスキルとか、ステータスに補正がかかったりするっていうあれ？」

ハヤトが聞くと、エリナは首を縦に振った。

「でも追加効果って偶然出てくるんであって、自分から選んで付けられないんじゃないのか？」

「何言ってるんですか。ご主人様だってやってるじゃないですか」

「……【武器創造】か」

「はい。そうです」

言われてみれば【武器創造】スキルによってハヤトが生み出す武器には、追加効果が付与されている場合がある。ハヤトにすらできるのだから、エリナの【防具造成】スキルで出来ないことは無いのか。

「それに私はモンスター。ダンジョンのことなら、人よりも詳しいんですよ？」

「なるほど？」

「ですから、私がいう素材を集めてきてください！　私がご主人様だけの防具を作りますから！」

「……頼りになるなぁ、エリナは」

彼女がいなかったら今頃俺はどうなっていたんだろう。ハヤトは深い感謝の念をエリナにいだきながら、自宅へと帰った。帰る途中、ずっとヘキサから《なぁ、私は？　私はどうなんだ？》と聞かれ続けたのは全てスルーした。

ハヤトは一旦帰宅して昼ごはんを食べると、その足でギルドに向かった。私服の状態で受付をすると、他の受付ならともかく咲には止められることが目に見えていたので、意図的に彼女が休憩に入ったタイミングでハヤトは手続きを済ませると、防具も無しにダンジョンに潜った。

《ううむ……。低階層だから大丈夫だとは思うが、やっぱり防具も着ずに潜るのは心配だな》

「俺も緊張してるんだよ」

ハヤトがまず潜ったのは8階層。ここで入手できる綿花アイテムが必要なのだという。

《でも、あの防具かなり古かったし……ちゃんと効果があったのか謎だぞ》

（なんでだよ！　高かったんだぞ！）

《いや、高かったってボロボロだったら意味ないだろ……》

ハヤトは記憶を頼りに8階層を抜ける。防具を着ずに攻略していると、周りの探索者から何かを言われそうだと思ったものの、ダンジョンの中では探索者同士関わらないのが暗黙のマナー。

そのおかげで、三十分足らずでハヤトは目的のアイテムである『水晶の綿花』を手に入れることができた。名前からして高く売れそうなアイテムだが、8階層の中で群生しているためギルドの買取価格は低めだ。

そのままハヤトは8階層の階層主を倒して、9階層に入った。ここでも必要なアイテムがある。9階層は『鉱山』エリア。様々な効果を持った鉱石が採れるのだ。もちろん、出てくるモンスターもそれにちなんでいるのか硬いモンスターだらけ。

ハヤトは武器を槍にして、穂先ではなく石突を使ってモンスターたちを砕いて回る。『水晶の綿花』と違って、9階層で欲しいアイテムはモンスターのドロップアイテムなのだ。

しばらく狭い坑道の中を駆け回っていたハヤトだったが、大きな岩に小さな手足がついた……『フールロックゴーレム』を二十三体倒したときに、真っ青な宝石がドロップした。

「……や、やっと出た」

ハヤトは思わず安堵の息を深く吐き出した。

《随分と長かったな。一時間くらいか？》

（いや、もっとかかったぞ……）

とりあえず、ドロップした宝石をポーチにしまい込む。

これで残る素材はあと一つ。

《ブラッディー・バットの飛膜、ね。今から一人で倒すのか？》

（……それしかないだろ？）

つい昨日、死闘を繰り広げたばかりのモンスター。そいつから一定確率でドロップする『飛膜』が必要なのだ。

《……倒せるのか？　防具も無いのに》

（倒すしか無いんだよ）

昨日、帰り際に23階層が攻略されたという話がハヤトの耳に届いた。前線攻略者を目指すハヤトとしても、早く深い階層に潜りたい。だから、彼の中には早く防具を作らなければ、という焦りが生まれていたのだ。

《もう一度あの状態異常付与者に声でもかけたらどうだ？》

「ユイか？　俺アイツの連絡先知らないし」

《そいやヘタレフニャチン野郎だったな》

「口が悪いよ、ヘキサさん」

とはいえ、ヘタレなのは事実である。

そんなこんなで10階層に降り立ったら、ちょうど目の前に真っ赤な防具に身を包んだ集団がいた。いや、防具だけではない。武器も、ポーチも、彼らを纏っている全てが赤い。

「……うぉっ」

そんな真っ赤な連中が目の前にいたのである。ハヤトがそんな声を漏らしてしまうのも仕方のないことだろう。

《ド派手な奴らだな。どっかのクランか》

（ああ、この人たちは……）

ハヤトが漏らした声に、ちょうどチームの中心にいた探索者が振り返る。

（ヴィクトリアだ）

そして、見知った顔の彼は片手をあげて挨拶してきた。

「よう、ハヤト！　10階層はもうクリアしたんじゃなかったのか？」

「なんで知ってるんですか、ダイスケさん。俺は階層主モンスターのドロップアイテム目当てで来てるんですよ」

「なるほどな。だから一人か……って、なんでお前防具着てねぇの？」

あ、やべ。防具付けてないこと忘れてた。

「あ、いや……。ダンジョンのドロップアイテムで馬鹿には見えない防具ってのがドロップしたので、それを着てるんですよ」

口からでまかせにもほどがあるが、ハヤトがそう言うとダイスケの顔に焦りが浮かんだ。

「な、なるほどな！　いやぁ、なるほど。俺には見えてたけどな！　お前ら、見えてたか？」

そう言って振り返ったダイスケに合わせるように、彼の後ろにいた真っ赤な五人組集団が首を縦に振った。

「も、もちろんですよ。ダイスケさん」

「そうですよ！　最初っから見えてましたよ」

「だよな？　みんな見えてるんだよな!?」

「「「はい！」」」

どうやらダイスケは六人パーティーで動いているみたいだ。ちなみに、パーティーというのは、共にダンジョンに潜って戦う仲間のことで、最大人数は今のダイスケたちと同じ六人。

何故六人かというと、ダンジョンに潜る際の『転移の間』が狭すぎて一度に入れる人数が六人だからという物理的な理由だったりする。

余談だが、小柄なら七人入るのではないかと考えた探索者が七人で『転移の間』に入ろうとしたら、みるみるうちに部屋が小さくなって六人までしか入れなかったという噂話をハヤトは聞いたことがあった。

(やべぇ、こんなので騙せた。ダイスケさんって思ったよりも抜けてるのか……？)

《トップが抜けてると下は大変だな》

騙しておいて散々な言いようである。

「おっと、こいつの紹介をしないとな。こいつはハヤト。俺の昔なじみで、しばらく見なかったんだが、最近またすげー勢いで攻略してる。お前らもこいつに抜かれないように気合入れろよッ！」

そう言いながらダイスケはハヤトの背中をバンバン叩いてパーティーメンバーに紹介。

「ちょっと、なんて紹介するんですか」

ハヤトの抗議もどこ吹く風で笑うダイスケ。すると当然と言うべきか、後ろにいた後衛職——魔法使い——と思われるクランメンバーたちが露骨に顔を顰めた。当然だ。

ヴィクトリアに入っているのは攻略クランの中でも最有力の厳しい入団試験をクリアした者たち。ダイスケが肩入れする凡人探索者に嫌な気持ちを覚えるのはよく分かる……と、ハヤトが気まずい思いをしているとダイスケの後ろにいた彼よりも背の高い……百九十センチはある理知的な男性が一歩前に出てきた。

「君がハヤト君？　ダイスケからいつも話は聞いていますよ。僕はヴィクトリア副団長の久我です。よろしく」

「……団長と副団長がそろってこんな所で何してるんですか？」

「後衛の育成さ」

「なるほど？」

10階層で前線攻略者の育成になることなんてあるのだろうか？　ハヤトは不思議に思ったが、クランに所属したことのない自分が考えても意味のないことだろうと無駄な思考を打ち切った。

「お前も見ていくか？」

「えっ、いいんですか？」

ダイスケの思わぬ提案に食いつくハヤト。彼らに階層主部屋までのモンスターを倒してもらえば安全に辿り着けるし、何よりもヴィクトリアという優秀な探索者たちの魔法スキルの使い方を見られるというのは大きい。

魔法スキルは想像力で威力や速度が決まるため、出来る人の魔法を見ることはそれがそのまま実力の向上につながる。だからこそ、普通はクランにいる優れた人材の魔法スキルの使い方は外部にいる探索者にバレないようにするのだ。故にこれはハヤトにとって願ってもない機会である。

「勿論。クランの内部見学もせずに入団するかどうかなんて決められんだろ？」

「いや、入るつもりないですって」

と言うと、また後衛職たちの顔が曇る。彼らはハヤトの態度が気に入らないのだろう。

「ははははっ！」

だが一方のダイスケはハヤトの言葉に大爆笑。副団長の久我も少し笑っている。

……何が面白いんだろう。

「じゃ、そういうことだ。行こうぜ、階層主部屋」

「何がそういうことなのか一つも分かんないですけど、ご一緒させてもらいます」

「おう、しっかりついてこいよ」

「そういえば23層クリアしたって聞きましたよ。凄いですね」

「凄いのは俺じゃなくてクランメンバーさ」

「24層の攻略はいつから本腰を入れるんです？」

「三日後くらいか。今は他の奴らが地図作りをしてる」

「育成は24層攻略に向けて、ですか？」

「ああ、それもある。ほら、この間言った奴の穴埋めだよ」

「アイドルの追っかけやるって抜けてった人ですか……」

クランに所属したくないハヤトでも、かなり引く理由でヴィクトリアを抜けた人である。

「俺にはアイドルの良さがよく分からねえから、アレだけどよ。辞めたいっていう本人を引き留めるのもわりぃだろ？」

「嫌がる人を入れ続けてると士気が下がりそうですしね」

「それもありますが、探索者は命に関わる仕事ですから。半端な態度でダンジョンに潜ると死ぬかもしれません。それに、彼の気持ちが僕には少し分かるので」

「……久我さん、アイドル好きなんですか」

「いえ、嗜む程度です」

…………アイドルを嗜む？

「推しは誰ですか」

「戦乙女'sの花園ちゃんですね」

知らねえ……。

「……何が好きなんですか？」

「あの自分が一番と思っているお姫様気質なところですよ」

そう言ってくいっと眼鏡を持ち上げた。ちょっと似合ってるあたりに腹が立つ。

「こいつ、ドMだからSっぽい女が好きなんだよ」

「ええ、是非とも罵倒されたいです」

「へぇ……」

知りたくもない情報を聞かされながらハヤトたちは10階層を駆け抜けていく。久我とダイスケはずっと雑談していたが、それは彼らが出るまでもないということだろう。四人のヴィクトリアメンバーはとても綺麗な統制で次々とモンスターを倒していく。

危ういと思うこともなく、魔法の精度も武器の扱いも他の探索者とは一線を画している。流石はヴィクトリアに入団した探索者たちだ。

ハヤトがその力量に感心していると、いつの間にか階層主部屋の前にたどり着いていた。

「準備は良いな？」

と聞きながら扉をくぐるダイスケ。

「はっ？」

そしてそのまま部屋に入っていくクランメンバーたち。

普通、部屋の前で準備の確認とかするもんじゃないの？

と、随分いい加減な感じで階層主戦が始まった。

「おーい、早くこーい」

我先にと階層主部屋の中に入っていったダイスケにドン引きしながらハヤトも階層主部屋に入ると遅れて背後の扉が閉まった。

「ええ!?　なんで準備も何も確認せずに入るんですか！」

「ああ、説明してなかったな。今はヴィクトリアの恒例特訓『滝登り』の最中なんだ」

名前ダサいな？　とは思っていても顔には出さず、ハヤトはダイスケに尋ねた。

「なんですか、その鯉が龍になりそうな名前の特訓は」

「その名の通り、1階層から現在攻略されている23階層までぶっ通しで突破していく特訓のことです。これを乗り越えた団員は確実に強くなるので『滝登り』と呼んでるんですよ」

「は!?　じゃ、じゃあ、この人たち1階からぶっ通しで上がってきたってことですか？」

「そ。七時間休みなし」

「ブラックだ……」

「クランは会社じゃねえからな。労働基準法は通用しねえのさ」

そう言ってゲラゲラ笑うダイスケ。

……いつか絶対後ろから刺されるぞ。

ハヤトが呆れていると、階層主部屋に灯りが灯っていく。ついこの間戦ったばかりのブラッディー・バットが部屋の中で牙を剥く。

「おらァ！　お前らの好きな階層主モンスターだぞ！　気合入れろッ！」

ダイスケの言葉に彼の前にいた四人は少しだけ気合を入れた素振りを見せると、疲労が隠しきれない状態で、ブラッディー・バットに向かって魔法スキルを使い始めた。だが、先ほどまでダンジョン攻略で見せていたようなキレが無い。

ブラッディー・バットの不可思議な動きに翻弄されるように、魔法は空を切るだけ。

「……全然命中しませんね」

「まぁな。この特訓はアイテムの使用も禁止だから、ＭＰがキツいんだと思うぜ」

「え？　アイテムも使っちゃ駄目なんですか？」

「ああ」

「裁判起こされたら負けますよ」

ハヤトはダンジョンの中と外をあわせて、ＭＰを完全に切らしたことは無いがＭＰが減っていくときの気持ち悪さは嫌というほど身体に染み付いている。まさか、彼らがそんな状況で階層主と戦わされているなどと、露ほども考えていなかった。

「攻略中にアイテム切らしたって、モンスターは待ってくれねぇよ」

「……そりゃ、そうでしょうけど」

「俺たちはアイテム切れで死ぬ探索者を嫌というほど見てきた。だからここでそうなっても戦えるように、その術を身に付けさせるんだ。どんな状況でも死なないようにな」

「……攻略クランは大変ですね」

「ああ。けど楽しいぜ？」

ダイスケは戦っているクランメンバーから一切目を離すことなくハヤトと会話する。万が一の事態が起きた時にすぐに助けに入れるようにするためだろう。

ハヤトも時々忘れそうになるが、ダンジョンは死地だ。気を抜けばすぐにでも死んでしまう。そんな中で他人の命を預かって攻略の最前線を走っているダイスケは冷静になって考えてみれば十分に狂人の部類だろう。

「あの子、もう限界ですね」

ふと、久我が四人の中にいた一番背の高い青年を見ながらそう言った。その瞬間、青年は電池の切れた玩具のようにがっくりとその場に倒れ込んだ。

「んー。こいつらには10階が限界かな」

ダイスケの言葉と共に一人、また一人と倒れていく。気力の糸だけで持っていたチームが、一人の脱退で次々と崩れていく。

「……ッ！　危ない！」

泡を吹いたまま倒れている女性に向かってブラッディー・バットが急降下を仕掛けた。

その場の誰よりも先に動いたのはハヤトだった。

〝【神速の踏み込み】【軽量化】【一点集中】をインストールします〟

〝インストール完了〟

踏み込む瞬間に【神速の踏み込み】を発動。パッシブスキルの【軽量化】によって軽くなったハヤトの身体がスキルによって加速して、二十メートルはあった距離を瞬きの間に0にした。

「ハァッ！」

今まさに女性の血液を吸おうとしていたブラッディー・バットにハヤトの短槍が突き刺さった。そして、タイミングをあわせて【一点集中】を発動。ズドンッ！　腹の底まで響く重低音。槍がブラッディー・バットの身体を貫通して階層主部屋の壁に叩きつけた。

ブラッディー・バットは力なく叫ぶと、真っ黒な煙になって大きな羽を残した。あれが『ブラッディー・バットの飛膜』だろう。

「どうだ、久我。欲しくなったか？」

「ええ。是非とも、ウチの前線組に入れたいですね。安定感が増しそうです」

ハヤトは二人の会話を無視してアイテムを拾う。

「……手柄奪っちゃいました。申し訳ないです」

「死者はともかく怪我人くらいは予想していたが、お前のおかげでゼロだ」

「報酬くらいは支払ったほうが良いのでは？」

「久我の言う通りだな。ならそのドロップアイテムやるよ」

「いいんですか？　体力を削ったのはヴィクトリアの方々ですけど」

「お前がいなきゃ、誰か死んでたかもしれないんだ。受け取ってくれ」

「……そういうことなら」

あんまり否定しすぎるのもかえって失礼かと思い、ハヤトは素直に『ブラッディー・バットの飛膜』を受け取った。これでエリナの防具が完成する。

「ダイスケさんはこれからどうするんですか？」

「こいつらが目を覚ますまではここにいるつもりだ。幸いにしてここは不人気だからな」

「じゃあ、俺は先に降りときますね。今日は参考になりました」

「おう！　いつでもお前を待ってるぜ。また連絡してくれ」

「ははっ。気が向いたら連絡しますよ。では」

ハヤトはそう言って介抱しているダイスケと久我に別れの挨拶を告げて階下に向かった。

《なぁ、ハヤト》

「……どした？」

ギルドに戻れる宝石に手を伸ばそうとした時に、ヘキサがそう声をかけてきた。
《さっきのやつ、やっても良いんじゃないか？》
「……さっきのやつ？」
《ほら、ヴィクトリアがやってた》
ハヤトはヘキサが『滝登り』のことを指しているのだと思い、げんなり。
「やだよ。名前ダサいし、アイテムも使えないし……」
《でもな、ハヤト。お前がここまでこられたのは、探索者としてやってきた2年間があるからだ。でも、それはあくまでも低階層の話。これから先、10階層以上を攻略する中域攻略者や前線攻略者としてやっていくなら、今まで以上の負荷を自分にかけるべきだろう》
「……いや、でもあれは、ダイスケさんが近くにいるからできるんであって」
《私がいるじゃないか。それに前線までやれとは言わない。そうだな、15階層までの攻略というのはどうだ？》
「………」
ハヤトは少しだけ考えて、
「……防具ができてからで良いか？」
そう、返した。

「はぁ、はぁっ」

《ほら、あと一歩だ。あと一歩》

　全身汗だく、防具は作られたばかりとは思えないほど土や埃で汚れ、酩酊しているかのようにふらふらと怪しく揺れながらハヤトはなんとか16層への階段を降り切った。

「いよっしゃぁぁぁああああああああっ！！！」

《……まさか、本当にやりとげるとは》

　さすがに単独で『滝登り』ということでアイテム縛りは解除したが、かと言って攻略が劇的に楽になるということは無い。早朝五時四十五分から潜り始めて現在の時刻は夜の八時十四分。ざっと十五時間近く潜り続けてきたわけである。

　エリナの手によって防具が作られてからちょうど一週間。ハヤトはここに目標である15階層までの攻略を成し遂げたのである。

「これでどうだッ！　ヘキサッ！」

《……勿論だ。よく頑張ったな》

「帰るっ！　帰って俺はもう寝るっ！」

《とりあえず汗臭いからシャワー浴びような》

ハヤトは全身をつかって呼吸しながら16階層の手前にある宝珠に触って、ダンジョンの入り口へ戻ってきた。

「帰る……俺はもう帰る……」

《分かった分かった。エリナが飯作って待ってるから、はやく帰ろう》

ハヤトは崩れるようにして咲のもとにやってくる。

「お疲れ様です……って、大丈夫ですか？」

「……大丈夫、です。鑑定を……」

心配そうにハヤトを眺めながら、彼が差し出すドロップアイテムを受け取っていく咲。

「凄い量ですね。うわっ！　ワイバーンの牙まで……。本当に1階層から15階層突破したんですか？」

「……やり遂げました」

「これって単独突破の世界記録じゃないですか？」

「えっ!?」

「ちょっと調べるんで待ってくださいね」

咲はそう言って端末(たんまつ)を操作。『世界探索者支援機構(IESO)』に登録されている情報を見ているのだろう。

「あっ、今日の十二時まで世界記録でした」

「……というと？」

「ドイツの探索者が今日の十二時に18層まで単独攻略(ソロ)して世界記録を更新(こうしん)してますね」

「嘘(うそ)だろ……」

「残念でしたね。さ、鑑定をしますよ。お疲れでしたらあちらの椅子(いす)に腰(こし)かけられても大丈夫ですよ」

「……汗だくなんで立っときますよ」

それで椅子を汚すわけにもいくまい。

「では急いで鑑定終わらせますね」

淡々(たんたん)と咲がドロップアイテムの鑑定を終わらせながら、ふとハヤトに二つの瓶(びん)を差し出してきた。

「これ治癒(ちゆ)ポーションですけど、売却(ばいきゃく)されます？　それとも持って帰られます？」

「えっ、治癒ポーション!?　マジっすか！　等級は!?」

「なんでそんな食いつくんですか……。Ｌｖ２とＬｖ３ですね」

「二つとも持って帰ります！」

今日の『滝登り』に合わせて治癒ポーションを五本買ったのだが、全て使ったのだ。それにＬｖ３の治癒ポーションと言えば四肢欠損を治せるレベルである。持っておいて損はない。

「はい、じゃあ二つを引いて本日の買い取り価格98万４５６２円です」

「………はい？」

「98万円です」

「すいません。疲れてて耳がおかしくなってるみたいです。もう一度言ってもらっても良いですか？」

「はい。１００引く2万円ですね」

「なんで算数の問題出したんですか」

「ここまで言えば流石にわかるかなって」

「ほ、本当に98万ですか？　９万８０００円とかじゃなくて？」

「本当ですよ。ここに表示してある通りです」

「一、十、百、千、万、十万……本当だ」

《くどいぞハヤト》

（だって、本当に100万だぞ!?　これだけあれば一生暮らせるじゃん！）

《……お前なら、本当に100万で一生暮らせそうだから怖いよ》

「では、振り込んどきますね。探索者証をリーダーに読み込ませてください」

「……はい」

震える手でリーダーに探索者証をタッチ。ピッ！　と心地よい音を立ててハヤトの貯金額に98万円が追加される。

「お疲れ様でした！　一気にお金持ちですね、ハヤトさん」

「現実感が……」

「ふふふっ。そんなものですよ」

「そういう咲さんはあんまり驚かないですね。やっぱり探索者の中には毎日これくらい稼ぐ人もいるんですか？」

「毎日……という人はいないですね。藍原さんとか阿久津さんも毎日コンスタントにそれだけは稼がないですよ」

「へぇ……」

「まあ、稼げないってわけではないと思うんですけど。やっぱり、しんどいですからね」

「うん、ですよね」

あの二人はできるがやらないだけだろう。というか、上位三人はダンジョンに潜るよりもスポンサーから貰う広告料とかの方が稼ぎとして多そうだ。あのレベルになると防具や武器が企業から提供されるし。

「あっ、そういえば藍原さんから言伝を預かっていますよ」

「……聞きたくないけど、一応聞いておきます」

「『攻略する気ならどうして早く教えてくれなかったの⁉』だそうですよ」

「誰だよ教えた奴……」

「阿久津さんじゃないですか？」

「やりかねん……」

後で怒っておこう。

「ああ、それと『いい加減スマホを持って』とも」

「あぁ……。スマホかぁ……」

ダンジョンの発生とともに文明の針は大きく進み、あらゆるタイプのウェアラブル端末が出てきたがやはりスマートグラスは依然として際物だ。空中に投影できるホロディスプレイを持ったスマートウォッチも出てきたが、何を見ているか他人に丸わかりなのであんまり流行ってない。なので、未だにスマホがメイン端末である。

しかし、それがいつまで続くかは誰も知らないが。

「そういえばハヤトさん、まだスマホ持たれてないですよね？」

「買うのに保証人がいるじゃないですか」

「ああ、そういった時には『私が保証人になるから暇な日を教えて』って言ってほしいと頼まれました」

「忙しいって返しておいてください」

「ふふ、モテモテですね。ハヤトさん」

「絶対そんなんじゃないって分かって言ってますよね？」

変人を常識人のくくりで考えてはいけないのだ。

「でもシオリちゃん、ハヤトさんのことを話すときの顔が完全に恋する乙女ですよ」

「やめてくださいよ気持ち悪い」

「冗談ですよ。あっ、ハヤトさん後ろ」

「ひッ⁉」

「嘘です。あんまりシオリちゃんのことを悪く言ってあげないでくださいね」

「別にシオリだからって悪く言ってるわけじゃないんですよ。っていうか、咲さんはアイツのヤバいところ知らないからそんなこと言えるんですよ？　二年前の俺に絡んでくる時点でよっぽどまともじゃないって分かってるじゃないですか」

「その二年前のハヤトさんに口説かれてた私はまともじゃないんですか？」

そう言って咲は、妖しげに笑った。

「まともじゃないほど可愛すぎです」

「はえっ⁉　ちょ、ちょっと、ハヤトさん。言うようになったじゃないですか！」

「じゃ、俺はこの辺で！　お疲れ様です！」

「明日でダンジョンに潜るのが連続五日目ですからね！　お気をつけて」

咲の言葉に手を振りながら、ハヤトはギルドの外に出た。

《ううむ。タイミング的にはちょっと怪しいんじゃないか？》

（そうか？　結構良いと思ったが）

《いや、怪しまれるぞ。あんなあからさまに離れては》

疲れていたとは言え、索敵範囲にひっかかった小物を見逃すほどハヤトは気が抜けてはいない。

（ここで襲ってくるとは考えづらい。場所を移動しよう）

《人目のつかない場所がいいな》

咲がハヤトに稼いだ額を通達したとき、運悪くそこを通りかかったものに聞かれていたのだ。ハヤトはお世辞にも体格が良いとは言えない。むしろ、弱々しくみられる部類だ。だからこそ、ハイエナのようにじぃっとハヤトを狙っている者がいた。

探索者は名を上げ始めた頃が一番危険と言われている。

初心者は稼ぎも低く、装備のランクも低いため基本的には同業者の餌食にはかからない。死肉漁りはその例外。むしろ、例外故にあそこまで注目されたと言うべきだろう。

逆に上級者になると、強すぎてこれもまた餌食にはならない。ランキングに名を連ねるような化け物を相手にすると命が危ないからだ。

そのため、中域攻略者になりはじめの探索者が最も狙われる。稼ぎも悪くなく、装備のランクも低くない。そして自分の力を過信し始める頃合いだからである。

繰り返して言うが、探索者の民度は決して高くない。命を奪う感覚。暴力を振るえる快感に酔いしれるために探索者になっている人間も少なくないからである。

そんな中、まさにカモみたいな少年が１００万近い大金を手にしたらどうなるのか。

答えは簡単。襲われるのである。

《返り討ちだ。ぼっこぼこにしてやろうぜ》

（口が悪いぞ。ヘキサ）

そういうハヤトもやる気は満々である。

ハヤトが向かったのは街外れの公園だった。錆び付いた自転車を漕ぎながら鼻歌まで歌って夜の道を進んでいく。この鼻歌が五年ほど前の曲というのが、彼の家に流行を知るものが一つも無いという悲しい事実を教えてくれた。

《悲しいなぁ……》

(何が?)

《いや、こっちの話だ。ハヤトさぁ、いい加減にテレビを買ったらどうだ?》

(買っても五畳半の部屋だぜ? 置く場所無いって)

《引っ越しは? 100万近い金が入ったんだし、考えても良いだろう。少なくともお前が生きているから事故物件ではなくなったわけだし》

(おいおい、俺も自殺しようとしたんだって)

《……やっぱ何かあるんじゃないか?》

(何にもないない。ただの運だって)

《…………》

やがてあたりから人の気配が消え始めた。どこかしらから季節外れのセミの鳴き声が聞こえる。後ろからついてくる探索者たちは付かず離れずを繰り返してなるべく尾行がバレ

ないように気を付けているみたいだったが、

（人気のない場所までついてくるあたり、素人だよなぁ）

《なんだ？　まるで尾行経験があるかのような言い方ではないか》

（される方のプロだぜ？　普通は三十メートル以上、時には五十メートル以上で付かず離れず。たまには追い越して、無関係をアピール。そしたら適当な店に入って目標が通り過ぎるまでやりすごす。もしくはぐるっと路地を回って後ろについても良い。けど、やるときは絶対に人込みがある場所じゃないと。俺みたいなプロには簡単にバレるぞ？）

《ちょっと待て。される方のプロってどういう……？》

（いやあ、スーパー銭湯で漫画読んでたら偶然を装って出会ってきた時はマジで心臓止まるかと思ったよ。信じられるか？　ストーキングするためだけに十二時間近く風呂に入ってたらしいぜ）

《……ツッコミどころが多すぎる。それってお前も十二時間近く風呂に入ってたってことか？》

（当たり前だろ。俺はガスの契約してないんだから）

《…………》

何が当たり前かさっぱり分からないヘキサは閉口。

（そろそろ良いか）

ダンジョンから自転車で十五分。近くに民家もなく、公園というよりはただの空き地のようになっている場所に自転車を止めて空き地の奥に入っていく。

《来たな》

「ちょっといいっすか」

ヘキサの言葉と共に声をかけられた。その時にハヤトは広場全体を見る。やってきた探索者の数は六人。パーティーの最大人数だ。ということは、そういうことを生業にしているパーティーなのだろう。

「どうかしたんですか？」

ハヤトは追跡に気が付かなかった振りをして聞き返した。

「お兄さん、探索者ですよね？」

「あぁ、まあ、そうですけど……」

「良い話があるんですけど、どうっすか？」

「良い話？」

（いきなりぶん殴られると思ったけど、違ったな）

《うーん？　似たようなものだと思うが……》

「お兄さん、見た感じ中域攻略者ですよね？　だったら結構、稼いでると思うんですよ」

「そうでもないですけどね……」

嘘である。

一日の平均収入は4万から5万。今月の月収は200万近くになる計算である。ただハヤトは攻略しか頭になく、肝心の通帳はエリナが管理しているので知らないだけだ。

「またまた～。それで、その稼ぎを倍にする方法があるんですけど、話だけでもどうですか？」

「いやー、そういうのは別に……。金に困ってないんで」

《私はもう突っ込まないからな》

「でも、装備とか武器を買おうと思ったら金かかるっしょ？　アイテムだって安くはないんだし」

「うーん、まあ、それは……」

ハヤトは計算してないから知らないが、今日手に入った98万の半分以上はアイテム代として消える。探索者は宝箱やドロップアイテムから手に入れた消耗品を売りに出すことはほとんどないため、その売却価格を知らない。だからハヤトは「滝登り」に備えてアイテムを買おうとしたとき、その高値で気絶しそうになった。

そう、探索者が売りに出さないということはそれだけ希少ということである。ＭＰポーションのように外で使いものにならないものもあるが、四肢欠損を修復するＬｖ３の治癒ポーションは普通に買おうとすると５００万を下らない。

現在確認された治癒ポーションで最高レベルはＬｖ７だが、これはこの世界に存在する全ての難病を完治させ、体内寿命を二年ほど巻き戻す。つまり、二年間寿命を延ばせるのだ。

初めて見つかったのはイギリスのダンジョンだったが、これに目を付けた大富豪たちが金に物を言わせて探索者たちをダンジョンに投入した。次に見つかったのはアメリカのダンジョン。そしてこのポーションには数兆という値段がつけられたという。

……話を戻そう。ギルドではアイテムを探索者向けに販売するショップもあるが、値段が一桁、二桁おかしいと思わずにはいられないほどの額でアイテムが売られている。

つまり探索者は非常に金食い虫なのだ。

「確かにアイテムも高いですけど……」

「ね？　そう思うでしょ？　まぁ、ここで話すのもなんですし、場所を移動しましょう」

《ハヤトっ！》

ヘキサが叫ぶ前に彼は既に動いている。ハヤトの後ろから薬をかがせようとしてきた男の顎を掌底で打ち上げる。

「これは……。あぁ、12層で採れる〝ネムリ草〟のエキスか」

ハヤトはそれをスン、とわずかに匂って確かめる。一年半前まで嫌というほど匂わされそうになったエキスである。これを深呼吸すると、象ですらも三十分は起きない睡眠薬となる。だが、ハヤトには効かない。そういう訓練を受けている。

「……っ！　なんだお前っ！」

「バレバレだって。シオリはもっと上手にやるぜ」

ハヤトは踏み込みと同時に目の前の男に向かって再び掌底。鳩尾に叩き込んだ掌が深く潜り込むと、男は息苦しさに昏倒。

「あと、四人か」

《あんまり大袈裟にやらないほうがいいんじゃないか？》

（つっても、逃がしてくれそうに無いしなぁ）

四人はハヤトの近くにいた二人が倒れたのを見て近寄ってきた。

《詐欺目的か、強盗目的か。まあ、こうして尾行もやってるあたり余罪も結構あるかもな》

（死なない程度に殴るか）

決着に、そう時間はかからなかった。

「大丈夫かなぁ？　警察に通報しなくても」

《ま、良いだろ》

あの後、六人を昏倒させたハヤトはそのまま探索者用のロープで縛り上げて空き地に放置した。季節的に冷え込むような時期でもないし、風邪をひいたりはしないと思うが……。

「……ん？」

自転車を漕ぐこと二十分。いつものボロアパートに戻ってきたわけだが。

「なぁ。２０５号室ってウチだよなぁ」

《そうだな》

「……電気ついてない？」

《ついてるな》

「………どゆこと？」

《契約したんだろ。さっさと入れ。エリナが待ってる》

ハヤトは恐々としながら家に帰った。そんなハヤトを待っていたのは、数々の文明の利器たちだった。

「……快適すぎるッ！」

「どうかしたんですか？　ご主人様。そんな大声出して」

「……電気とガスが通った家がこんなに快適だったとは」

「快適っていうか、これが普通ですよ……。まあ、文明の大切さは感じたほうが良いと思いますけど」

　ハヤトが『滝登り』をしている間にエリナが一人で電気とガスの契約を結んでくれていたのだ。なんと二年ぶりに部屋に電気が灯ったのである。

「そうだ。パンフレット貰ってきましたよ」

「パンフレット？　なんの？」

　風呂から上がってシャツ一枚でパタパタとうちわで身体を冷やすハヤト。ここで上半身裸になろうものなら、完全におっさんである。

「家ですよ。いつまでもこんな事故物件に住むつもりなんですか？」

「ヘキサもエリナもそう言って……。ここだって住めば良いところだろ？　駅にもダンジョンにもコンビニにもスーパーにも近いし」

「いや、ご主人様はコンビニもスーパーも駅もめったに使わないじゃないですか」

「………………」

「ヘキサ様から聞きましたよ？　この間、生まれて初めてコンビニに入ったそうじゃないですか」

「…………」

「まさか、スーパーにも入ったことないとは思いませんが」

「ない」

「は?」

「スーパーに入ったことないです」

「《ええ……》」

「いや、でも何があるかは知ってるぞ? あれでしょ? 野菜とかでしょ?」

「スーパーに何があるか聞いて『野菜とか』って答える人はご主人様だけですよ!」

「そうかなぁ……」

「まぁ、ここにパンフレット置いておくんで引っ越しも検討に入れてください! この家、洗濯機(せんたくき)を置く場所も無いんですから!!」

「え、マジで!?」

「なんで二年間も住んでて知らないんですか……」

エリナに呆れられてしまった。かなしい。

「あ、そうそう。今日、単独攻略(ソロこうりゃく)の最高記録が更新されたらしいですよ」

「らしいね」

「ご存（ぞん）じでしたか」

《聞いてやってくれ。エリナ》

「はい？　何かあったんですか？」

「ドイツのやつがいなけりゃ……俺だって…………」

「……というと？」

「今日の十二時に記録が更新されたんだよ……。でも、そいつがいなけりゃ俺が一位だったんだよ……」

「それは残念でしたね」

　よしよしと頭をなでられるハヤト。これではどっちが主か分かったものではない。

「明日からは16層の攻略をされるんですか？」

「ああ。あと二週間で24層に行かなきゃいけないからな」

「一か月で前線攻略者（フロントランナー）、ですか。本気ですね。ご主人様は」

「勿論（もちろん）。せっかくヘキサからチャンスを貰ったんだから。無下にはできないよ」

「応援致（おうえんいた）します！」

《……意外だったな》

「何が？」

部屋の上空をプカプカと浮かびながらヘキサがタイミングを見計らって口を開いた。
《奉仕種族ってのは、主人に尽くし、駄目にする。男でも、女でも関係なくな》
「……そうですね。私たちはそういう種族です」
《けど、エリナ。お前はハヤトを応援する。モチベーションを高めるってのは他の奉仕種族には見られない特徴だ》
「だって……ご主人様にやりたいことがあるんですよ？」
《ふむ？》
「ご主人様が夢を追いかけるときに邪魔になるものをできるだけ排除する。そして夢だけを追えるようにするのが奉仕ってものじゃないですか！　それを怠って主人を駄目にするのは、奉仕じゃなくて怠慢ですっ！」
《ははは。奉仕種族の奉仕の哲学か。面白い。イレギュラーはとことんイレギュラーだな》
「ねえ、ずっと気になってたんだけどさ。奉仕種族ってどうやって増えんの？」
ハヤトが尋ねたのは単純な疑問。生殖問題である。そもそもダンジョン内のモンスターというのは不思議に溢れている生き物だ。モンスターというのはダンジョン内で湧く。地面、あるいは壁面からにゅるっと出てくるのだ。

なのに、モンスターには生殖器が付いてたりする。だが、今のところダンジョン内でモンスターが性交をしている場面を専門家は目撃していない。未だにモンスターに関しては分からないことのほうが多いと言われているが、もちろんハヤトはそんなことなど知りはしない。純粋な知的好奇心でそう聞いたのだ。

「えっ!?　な、内緒ですよ！　そんなの！　女の子になんてこと聞くんですか!!」

《ハヤト、流石にデリカシーが無いぞ……。お前……》

「ええ!?　なんでだよ」

《いやだってお前……。……いや、待て。お前、子供がどうやってできるか知ってるか？》

「ちょっとヘキサさん？　なんてこと聞くんですか。流石にご主人様も中学校は卒業してらっしゃるんですよ？　知ってますよ、それくらい……」

《いや、コイツは中二の途中から学校に通ってない。実質中退だ》

「おいッ！　人の学歴をとやかく言うな！　知ってるよ、流石にそれくらいッ!!」

《言ってみろ》

「……こ」

「《こ？》」

「コウノトリとキャベツ畑……」

顔を見合わせるヘキサとエリナ。

「うーん……。こうも純朴ならこのままのほうが良いんじゃないですか？」

《そうだな。このご時世、ここまでピュアな奴も珍しいし、放っておこう》

「えッ⁉　違うの！！？」

「いえいえ、あってますよ。ご主人様」

「そ、その顔は嘘をついてる顔だッ！」

《ほんとほんと。マジだって》

「くっそぉ……。中卒だからって馬鹿にしやがって……」

「今時は小学校で学びますよ」

「そ、そうなの……？」

三人は適当なところで雑談をきりあげると布団に入った。エリナが買ってきてくれたばかりの新しい布団である。ふかふかだから、横になると急に疲れが重力とともにハヤトの体にのしかかった。

「ご主人様って、そういう知識は無いのに私と一緒の布団には入らないんですね」

「『男女七歳にして席を同じにせず』って言って育てられたからなぁ……」

「……本当ですか？」

　エリナはいつもの調子で言ったハヤトの言葉を話半分で聞き返した。いつも彼が冗談を言う時とトーンが同じだったからだ。だが、

「本当だよ。だから、俺は妹とも母親とも数えられるほどしか会ったことが無い。もっぱら、ちちう……。親父（おやじ）と弟の三人に、お手伝いさんたちだけだったな」

「ご主人様ってお父上のことを父上って呼ばれてたんですか？」

　流れるように言ったことから、ハヤトは日常的に父親のことをそう呼んでいたことが分かった。このご時世、自分のことを父上なんて呼ばせる父親は普通ではない。

　エリナはこれまでハヤトの親に捨てられたという話を話半分で聞いていた。てっきり、家出か何かで引くに引けなくなっているだけなのではないかと。だが、

「…………昔の話だよ」

「ご主人様の家って、なんなんですか」

「…………思念体って、鼻ちょうちん出すのな」

「え？」

　言われてエリナが視界を上に向けると、上空で寝ているヘキサの鼻には綺麗（きれい）な鼻ちょうちんができていた。

「思念体だから、あんなにきれいな鼻ちょうちんができるんだと思いますよ」

「……ヘキサって、顔は良いのに色々勿体ないよなぁ」

「ほら、天は人に二物を与えずって言うじゃないですか」

「……そうなのかもな」

「どうかしたんですか？」

「……いつか」

「はい？」

「いつか、教えるよ。どうして俺が家から追い出されたのか。どうして俺が天原なのか。どうして『D&Y』に知り合いがいるのか。どうして3層まで武器も持たずに潜れたのか」

「……それは」

「けど、また今度な……。今日は、眠い……」

「……はい。お疲れ様です」

ハヤトはエリナの「おやすみなさい」という声を聞きながら、身体を眠気に預けた。


「ついに、今日ですか」

「はい。20層を今日、攻略します」

20層で階層主部屋までの安全な道のりを確保するのに二日も使ってしまったが、それも今日で終わり。ステータスに若干の不安は残るが今日20層を乗り越えれば、超高階層と呼ばれる20層越えに挑むことができるようになるはずだ。

「それにしても、ここまで三週間とちょっと……。ハヤトさんが本気を出すともうここまで来るのですね」

「……別に本気を出したってわけじゃないんですけどね」

まるで今までが本気じゃなかったみたいな言い方は傷つくのでＮＧだ。

「ハヤトさんが前線攻略者になるのを楽しみにしてますよ！」

「ありがとうございます！」

「では行ってらっしゃいませ」

「ちょっと待って！」

今まさにハヤトがダンジョンへの入場処理を終えた瞬間に、聞きなれた声が掛けられた。

「ん？　げッ！」

《どうした？　うわっ……。コイツか》

前回見た時よりも防具がバージョンアップしたユイがハヤトの後ろに立っていた。

「何よ、カエルが車に轢かれた時みたいな声を上げて」

「……どうしてカエルは素早いのに車に轢かれるか知ってるか」

「えっ、何それ。知らないわよ、そんなの」

「カエルは交通騒音で動きが鈍くなるんだ」

「そうなの？　なんだか可哀想ね」

「じゃあ、そういうことで……」

「何がそういうことなのよ」

適当な話題を振って逃げようとした瞬間、首根っこを掴まれた。

話題逸らし……失敗ッ！

「アンタ、今から20層に潜るんでしょ？」

「あぁ……」

「階層主を攻略するのよね」

「まぁ……」

「私もついていくわ」

「……なんで？」

「仕事で階層主攻略を撮るんだけど、その予習よ」

「そうか。それは他の奴と行ってくれ。――ぐえっ」

そう言ってその場から離れようとした瞬間に、再び首根っこを掴まれる。

「他の奴と行ったらまるで私が仕事のリハーサルをきちんとする真面目ちゃんみたいって噂がつくじゃないの！」

「お前は間違いなくその真面目ちゃんだ。じゃあな」

「待ちなさいって」

「うごごごっ。首を引っ張るな首を！　息ができんッ！」

「あっ、ごめんなさい……。じゃなくて！　アンタも潜るなら私も同行させてって頼んでるのよ！」

「人に物を頼む態度じゃねえだろッ！」

「これでも精一杯なの！」

「…………」

《……なぁ、ハヤト》

(なんだ)

《いまちょっと可哀そうだと思ったよ。私はコイツを》

(奇遇だな。俺もちょっと思った)

「はぁ……。仕方ないから、いいよ。20層の攻略をするぞ」

「そういうことなら♪　はい、三枝さん」

そう言って咲に探索者証を渡すユイ。

……えっ。こいつBランク探索者じゃん⁉

ハヤトは意外な事実に驚いて硬直。し、信じられん。俺より2ランクも上……。

《ん？　Bランク探索者なのに10階層で止まってたのか……？》

ヘキサがぽつりと呟く。Bランク探索者と言えば普通、前線攻略者だ。それが10階層で止まっていたというのは疑問を覚える。

「……いいんですか？　ハヤトさん」

「まあ、組むのはこれが初めてじゃないですし……」

「いえ、そういうことではなくて……」

そう言ってユイとハヤトをちらちら見る咲。

「だって、あのユイさんですよ？」

「あぁ、なんか有名人らしいですね。コイツ」

「三枝さん。気にしないでください。ハヤトは私のこと全然知らないんで」

「……本当に言ってるんですか？　ハヤトさん、だってユイさんは……」

「さっ、ハヤト行くわよ。三枝さん、またあとで～」

そう言って流されるままにダンジョンへ向かうハヤト。もう好きにしてくれ。

「……お気をつけて」

ハヤトは咲の「マジかコイツ」みたいな視線を後にダンジョンに入った。

……そんなに有名なの？　ユイって。

「さ、20層に来たわ！　……なんでアンタ固まってんの」

「騒音を聞くと身体の動きが鈍くなるんだ」

「あんたカエルなの？　っていうか！　私の声を騒音って言ったわね！」

うるせぇ……。

「……声がでかいんだって」

「これでも天使の歌声って言われてるのよ!!」

「天使の歌声……？　あぁ、そいやユイはアイドルだったな……」

「うわっ……。なにその『僕アイドルとか興味ないんで……』って顔！　むかつく！」

……元気な奴。

「まあ、別にいいわ。アンタみたいな奴こそアイドルオタクになるんだから。覚悟してなさい」

「《…………》」

「何、固まってんの。先行くわよ」

だしてきた。

「ああ、待て。そっちの道はトラップだ」

そう言ってハヤトがユイの手を引いた瞬間、目の前の床から五十センチはある針が突きだしてきた。

「……ありがと」

「どういたしまして。ここは俺が安全な道を見つけてるから、その後ろをついてきてくれ」

「……分かった」

20層はトラップエリアと呼ばれる階層である。階層の中は1~5層までの迷路型に非常に酷似しているが、その中は比べものにならないほど悪意に満ちている。

針、剣、炎などの鉄板トラップはもちろん。モンスター召喚。場所転移。水没なんていう殺す気満々なトラップもある。ハヤトはこの二日でダンジョン攻略本上位階Ｖｅｒ（５３００円税別）に載っているあらゆるトラップの場所を確かめ、安全なルートを確立すると共に、新たなトラップを見つけギルドからお小遣い程度の感謝料を貰ったりしていた。

すなわち彼には手に取るように20層の道が分かるのである。

「なんか……」

「ん？」

階層主部屋に至る道の途中、安全圏が見えてきたときにユイがポツリと口を開いた。

「なんか、見違えたわね。ハヤト」

「何が？」

「うーん、説明し辛いんだけど……。10階層攻略の時のアンタは何だか不安げに見えたの。けど、今のアンタはちょっと違う。頼れる探索者って感じだわ」

「そりゃどうも……」

「ウン、中々悪くないわね。もうちょっと髪とか眉毛とか整えたらモテそうよ」

「マジ⁉」

「……食いつきいいわね。おすすめの美容室を教えよっか？」

「美容室か……」

「何？　男が美容室に入るのは恥ずかしいとか言うんじゃないでしょうね」

「いや、もう二年近く散髪行ってないから……」

「はぁ⁉」

そんなこんなで安全圏に到着。だが、そこには先客と言うべきか、他の探索者たちが座って雑談をしていた。彼らは安全圏に入ってきたハヤトを見て軽く会釈。ハヤトもそれに返しておく。

……良かった。この人たちはまともみたいだ。

そして、彼らの視線がハヤトの後ろの人物に向いた瞬間、ぎょっとした。

「……ん？　うおっ⁉」

ハヤトも後ろを見て驚愕。

先ほどまで顔を晒していたユイがプロレスラーみたいなマスクをかぶっていたのだ。

「……何やってんの」

「こうしないとバレるでしょ」

「……さいですか」

なんだか知らないけど、そういうことにしておこう。

安全圏に入ったは良いものの、他の探索者からの好奇の視線に刺されるのがいたたまれなくなってハヤトたちはすぐにそこを後にした。ちなみにだが、仮面をかぶって探索者をやってる人間は少なくなかったりする。そういうロールプレイを楽しんでいるのだとかなんとか。

本当は一時間近くのがっつりした休憩を取ってから階層主に挑みたかったのだが、ユイの目立つ仮面のせいで三十分しか休憩できなかった。

というかお腹がすいたから簡易食糧を食べてたらユイがクレクレねだって人の目がきついのなんの。

「お前ちゃんと飯食ってないの？」

と、聞くと一人でコンビニやスーパーに入るとイメージが損なわれるからなるべく止めるようにと言われているそうである。イメージも何も考えずに勝手に生活において縛りを設けているハヤトとは大きな違いである。

「それで、20階の階層主って……。あの硬い岩人形よね？」

「あぁ。『ハードロック・ゴーレム』だな。巷じゃ『ガチムチ岩人形』って呼ばれてる」

「何その気味の悪い名前は」

「名前の通りの見た目してるんじゃねえの？」

そう言ってハヤトは一歩ミスれば命取りになるような廊下の上をためらいながら進んでいく。後ろにいるユイが安心して後ろをついてくるのはハヤトへの信頼の証なのだろうか。

「……そいや、なんで俺なんだ？」

「何が？」

「いや、攻略だよ。ユイは有名人なんだろ？　パーティーを募ればすぐに集まるだろ」

「だから、それだと私がまるで真面目ちゃんに見えるから嫌なの」

「……上位の探索者はみんな真面目だろ。いや、真面目だからこそ生き残れるとも言えるしな」

「知ってるわよ。私だってBランクの端くれだからいろんなAランク探索者の人と喋ったことあるもん」

「『世界探索者ランキング』の日本1位はちょっとアレだから……うん。おいておこう。日本2位も3位も精神面はだいぶイカれてるが、こと探索においては人並み以上の集中力を持っている。ダイスケさん……いや、阿久津さんはクランのリーダーとして、最前線でみんなを引っ張る豪傑さと、人一倍の慎重さで幾度となくクランの危機を乗り越えてきた」

「……らしいわね。テレビの企画で喋ったことあるけど、普通に凄かったわ」

《……普通に凄い？》

日本語の弱点に引っかかるヘキサ。

「2位の藍原も……。性格はアレだが、単独探索者として見習うような行動ばかりだ。用意の周到さ、一瞬たりとも気を抜かない集中力。決して己の力量を過信しない分析力。性格はちょっとアレだが……」

「…………」

「そうかしら？　普通の女の子じゃない」

あれが普通だと？

「どうしたの？」

気にしない、気にしない。

「1位は参考にならんから無視していいか」

「あの人はちょっとね……」

何かの世界でNo．1を取るような人間は決まって普通ではない。異常なまでに何かを突き詰めるからだ。たとえそれが日本だけの話だとしても、『WER』5位と日本勢でたった一人、十番以内に入る化け物は普通では辿り着けない境地である。

「とまあ、つらつら言ってきたが、別に真面目のイメージがついても良いじゃないかって俺は言いたいわけ」

「あのねえ。ハヤト、あんたはあんまり人からの評価に無頓着だから言うけどさ。人からのイメージってすっごい大事なのよ？　特に私は」

「まぁ、アイドルならそうだろうな。俺アイドル興味ないからアレだけど」

「くぅー！　その言葉言ってる奴全員縛り上げたい！」

「そいや、お前なんでBランクなのに10階層で詰まってたんだ？」

「ネットで悪口書かれまくったからよ！　私たちが不正して前線攻略者になったんだって言われるもんだから、頭に来て」

「頭にきて？」

「ギルドに頼み込んで、ちゃんとソロで一からやり直すことにしたのよ！」

「凄いな……」

「でしょ？　もっと褒めてもいいわよ。これがアイドルの根性なんだから」

「アイドル好きなの？」

「違う！　私にはこれしかないの！」

「……それで？」

その言い方が普通ではなかったのでハヤトは話を次に進めた。

どこか、似ている。他でもない、自分と。

少なくとも、ハヤトはユイの言葉の深奥にそれを見出した。

「ええっと、そう。イメージが大切なのよ！」

「それはさっき聞いた」

「ああ、アンタはあんまりそういうのを気にしてないから言うけど」

「ちょっと待て！　俺は結構人からのイメージ気にしてるぞ？」

《「は？」》

「いや、ほら、イキってないし……」

「そんなの当たり前のことじゃない」

「ぐぅっ……！」

ハヤトに１５０の精神的ダメージ！

めのまえが　まっくらに　なりそうだ！

「俺にも……若い時があったんだ……」

「二年間も自分で髪の毛切ってる奴が言えた台詞じゃないわよ。ソレ」

「金が無いんだよ……」

「そんなにヤバいの？　貸そうか？　っていうか、なんなら五万くらいまであげるわよ⁉」

「どいつもこいつも優しいな、チクショウッ！」

優しさが身に染みるぜ……。

「ハヤトって……意外と交友関係広いよね」

「昔馴染みでちょっと……」

「他に誰からお金貸すとか言われたの？」

「なんでそこ気にするんだよ」

「いや、だって……気になるじゃん？　未知の世界って」

「ケッ、貧乏人は未知の世界だろうよ！」

「そう！　だから気になるっ‼」

こうまで開き直ると嫌味も通り越して清々しさすら感じてくる。

「えっと、ダイスケさん……ああ。阿久津大輔ね」

「ああ、あの人って有能そうでお金無い人を支えてるよね。ほんとに凄いと思うわ」

「あと、知ってるところで言えば咲さんからも……」

「……受付の人からお金借りる探索者なんて初めて聞いたわ。普通、逆じゃないの？」

ハヤトがモンスターを食べるという案を思い付く少し前は二週間近く何も食わないで生活しており（渇きは川水と雨水でしのいだ）、文字通り骨と皮になった時に咲が心配して食事をおごると言ってくれたのだ。

あの時ばかりはハヤトも心が揺らぎそうになった。

「藍原……はちょっと違うからあれだけど。そういや、ユウマが心配して金をくれそうになったことはあったな」

「えっ⁉ ユウマってあの一ノ瀬悠真？」

「そう。あのユウマ」

「世界探索者ランキング5位の？」

「うん」

《えっ、それ私も知らないんだが》

（記憶を見ろよ）

《いや、あの頃のお前の視界はブレブレで見づらいんだって》

（飯食ってなかったからな……）

常に栄養失調＆探索活動という超エネルギー消費活動である。

吐き気には恒常的に襲われていたし、食料の万引き、強盗の誘惑は常に頭の中にあった。

それを行わなかったのは一重に両親に対する強い希望だけ。今はそれも失いつつあるが。

「あの合理性の堅物を同情させるなんて……。あんた、凄いのね」

「何か嬉しくないなぁ……。その褒められ方」

「褒めてないから」

「……ああ、そう」

「あーっ！」

「うるさっ！　急に大声出されると身体の動きが」

「あれ、見てみて！　宝箱！」

「……どこ？　えっ、マジじゃん！」

宝箱。トレジャーボックスとも呼ばれるそれは、中に攻略を推し進める武器や防具。もしくはアイテム。ひいては人類の文明を次のステージへ大きく進める『超遺物』が入っている。見つければ小金持ちになること確実なのだ。

『超遺物（オーパーツ）』と言ってもそれぞれあるが、ここ最近で世界をざわめかせたのは、なんと言っても掌（てのひら）サイズの反重力装置（アンチグラヴィティ）だろう。内部の回路を分析することによって、現在は一部屋分の大きさがいるものの、人類の文明で反重力を作り出すことに成功した。

ハヤトには微塵（みじん）も理解できなかったが、反重力の恩恵（おんけい）でなんでも高層ビルがバンバン建つようになったり、航空技術が大きく進歩するらしい。今は電気をアホみたいに食うから実用的ではないらしいが、『超遺物（オーパーツ）』は電力を必要としていないので、そのうち電力問題も解決するとも言っていた。

《えぇ……。トラップエリアにある宝箱だろ……。罠（わな）を疑ったほうが良いだろ……》

二人は慎重に宝箱に近づくと、しげしげと宝箱を見つめた。

（罠なら罠って書いてあるよ。多分……）

「ハヤト！　攻略本！」

「アイアイサー！」

勿論、二人ともすぐに開けるほど馬鹿ではない。

すっと、ダンジョン攻略本高階層Ｖｅｒをユイに手渡（てわた）すハヤト。

「偽物（にせもの）と本物の見分け方は……58ページ！」

　開くと見開きで違いが書かれていた。

「偽物は……鍵口の周りがちょっと緑っぽいんですって。本物は青。ハヤト二等兵、どんな感じ？」

「青であります！　サー！」

「本物よ！　開けましょ！」

「行くぞ！」

　人間の性か、あるいは年頃なのか。宝箱を見つけてテンションうなぎ登りの二人。万が一に備えて宝箱を見たヘキサだが、確かに攻略本に載っている本物の宝箱だ。

「「それぇー!!」」

　二人仲良く開いたそこには……。

「び、ビー玉？」

　二十個のビー玉らしき透明な珠が入っていた。二十個の透明な珠はガラス製というにはあまりに澄んでいる。

「転移の宝珠かしら？　それにしては小さいわね」

「転移の宝珠を見たことあんの？」

「テレビがダンジョンに入るときにはスタッフさんが持つのよ。ほとんどは兼業探索者さんにお願いするんだけど、どうしても探索者さんが入れないときがあるから、素人のスタッフさんには安全策で、ね」

「へぇー」

テレビを見ないからあんまり納得感を得ない情報である。というか、ハヤトとしてはユイがスタッフに〝さん〟を付けて呼んでいるのが意外だった。もっと尊大に振舞っているものかと。

「でもビー玉って感じじゃないし」

「へー。ビー玉ってこんな感じなんだ」

「は？　あんたビー玉知らない⁉」

「……うん」

「どんな家で育ったのよ……」

「名家」

「はいはい。名家のお坊ちゃまは二年間セルフカットですね」

「適当に流すの止めてくんない？」

「ねえ、これ攻略本のアイテム一覧に載ってないの？」

「ちょっと待ってくれ」

そう言ってハヤトはユイがビー玉らしき物の詳細(しょうさい)を見ている間にアイテム一覧のページをめくるが……そこには無い。

「無いぞ」

「じゃあ、こっちでも調べてみるわ」

そう言ってユイが取り出したのはスマホ。探索者ならみんな入れている攻略(こうりゃく)アプリだ。このアプリの凄いところは写真で撮ったアイテムがなんなのかを画像認識(にんしき)で教えてくれるところにある。これがあれば攻略本を持ち歩かなくても済むのだ。

「持ってるなら最初っからそれ出せよ……」

「あんまりポーチを開け閉めしたくないの」

「さいですか……」

そう言いながらユイは透明な珠の写真を撮る。

「……出てこないわ。今まで見つかってないアイテムっぽい」

「アイテム？　『超遺物(オーパーツ)』じゃなくて？」

「『超遺物(オーパーツ)』は宝箱の中に取扱(とりあつかい)説明書が付いてくるの。ここには無いからアイテムでしょ。まさかこの見た目で武器や防具ってこともないだろうし」

「詳(くわ)しいな。まるで探索者みたいだ」

「縛るわよ。うーん？　よく分かんないから、『鑑定』持ちの友達に聞いてみるわ」

「よろしく頼む」

「はい。じゃあ、半分あげる」

「えっ、要らねえよ」

ビー玉らしき物が半分だと十個。そんなものアイテムポーチに入れようものなら場所を取って仕方がない。

「私だって要らないわよ。けど見つけたものは半分に分けるのが二人組の鉄則でしょ」

「まぁ……。持ってて損は無いか」

ふと、今までそれをじっと見ていたヘキサが口を開いた。

《……それ、状態保存珠じゃないか？》

（何だそれ）

《私も似たようなアイテムをたくさん知っているから間違ってたらすまないが》

ヘキサは前置きと共に息を吐く。

《それは『状態』を、文字通り『今の状態』を保存できる珠だ。例えば今のお前をその球に保存して、ＨＰやＭＰが切れた時に珠を使えば、保存したお前の状態がそのまま現在の身体に上書きされる》

（……は？）

　何そのチートアイテム。

《もちろん、年齢や身体の状態も保存した状態に上書きされる。欠点と言えば、ステータスも保存されるから、数か月後や数年後、探索者として成長した後とかに使うとステータスが下がると言ったぐらいか……》

　……年齢や身体の状態を保存して、後から上書きできる？　なんだそれ。

（他人も使えるのか？）

《いや、無理だ。登録した本人しか使えないはず。それに、記憶はそのまま継続するから、そこは問題ない。あと面白いことに、なぜかスキルの使用条件だけはリセットされるんだ。不思議だろ》

（死んだら？）

《そこまでは流石に知らないな》

　どっちにしろ馬鹿みたいにチートなアイテムであることは確実だ。例えば、若くして成功した資産家。もしくは政治家。少なくとも探索者のように激しくステータスが変動しないが、長い寿命を求める人間はこの世界に掃いて捨てるほどいる。

　あるいはある程度の変動を許容できる高位探索者などの常に命の危機に瀕しているよう

な人たちが瀕死（ひんし）の状態で使うと一気に全快するという寸法だ。

もしこれが状態保存珠（ホルダージュエル）なら、この世界にこれを欲（ほ）しがる人間は腐（くさ）るほどにいる。

「ヤバスギでしょ……」

「何か言った？」

「……いや、何も」

ユイに尋（たず）ねられたが、まだヘキサの予想である。ここで状態保存珠（ホルダージュエル）について説明してもぬか喜びするだけかも知れないのだから。

「何か有益なアイテムだと良いわね」

「そうだな。なるべく高値で売れるやつが良い」

二人はそう言って宝箱を後にした。今日の目標は20階層の突破（とっぱ）。今日の内に突破しておかないと、一か月で前線攻略者（フロントランナー）になるのが厳しくなる。

「アンタもう中域攻略者（ミドルランナー）でしょ？　そんなにお金に困ってるの？」

「長年の貧乏性（びんぼうしょう）が……」

「貧乏性？　そんなもの捨てちゃいなさいよ」

「簡単に捨てられたら困らないんだよなぁ」

長年培（つちか）ってきた性質である。お別れはできないのだ。とまあ何だかんだ言っていると階層主部屋の前に到着である。

「そいやユイたちのクランって前線攻略者なの？　中域攻略者なの？」

「前線攻略者よ。今はアルバム関係の仕事でほとんど潜れてないけど」

「じゃあ24階層にも？」

「いいえ。23までね。24はちょうど別の仕事と被ったのよ」

「へぇ……。大変だな」

「まあね。さ、リハーサル行くわよ」

そう言ってぐいっとＭＰポーションを飲み干すユイ。

「いや、俺は本番なんだけど……」

という抗議の声はユイの階層主部屋の扉を開く音に掻き消えた。

「行くわよ！　ハヤト！」

「分かってるよ」

なんだかんだ言いながらハヤトが両手に産み出すのは特大剣。常人なら持って立つことすらも難しいほどの大きさと重さだが、ハヤトの鍛え抜かれたステータスがそれを可能にする。

〝【鈍重なる一撃】【身体強化Ｌｖ３】【心眼】をインストールします〟

〝インストール完了〟

「強化ッ！」

ミシリ！　と防具が一瞬、膨れ上がるとハヤトの筋肉が強化される。

「『肉質軟化』！」

ユイの手元に産み出された青色の槍が発射。まっすぐ進むとハードロック・ゴーレムに直撃。岩の身体が軟化する。

「オォオオオッ!!」

【鈍重なる一撃】を発動。ハヤトの強化された振り降ろしとスキルの効果が相まって、爆発的な一撃と化す。

ズドンッツ！

周囲の砂を一気に巻き上げて砂煙と共にハヤトの大剣がハードロック・ゴーレムの肩から入るとそのまま真下に抜けたのだ。

「……はえ？」

「ハヤト！　大丈夫!?」

振り下ろしたまま動かないハヤトを心配してユイが尋ねる。

「……終わった」

「二段階目があるわよッ！」

もし、ユイがそう言わなければハヤトはハードロック・ゴーレムに捕（と）らえられたことだろう。だが、現実はそれよりもハヤトが先に動いた。

「あぶねっ！」

凄（すさ）まじい速度でハヤトを捕らえようと伸（の）ばしたハードロック・ゴーレムの腕（うで）を斬（き）り落とす。そして、次の瞬間に落ちた腕は風化した岩のようにさらさらと砂になっていく。

それは、斬られた胴体（どうたい）も同様に。岩の塊（かたまり）がやがて砂の塊になると大声で咆哮（ほうこう）。

「来るわよ！　近接泣かせの二段階目！」

「……そうみたいだな」

〝【鈍重なる一撃】を排出（イジェクト）〟

〝【水属性魔法（まほう）Ｌｖ３】をインストールします〟

ハヤトは手に持っていた大剣を手放すと霧散（むさん）させる。その瞬間に【心眼】が発動。ハードロック・ゴーレム改め『サンドリキッド・ゴーレム』の核（コア）が表示される。

「『魂縛る鬼の鞭（ソウルパラリス）』！」

ユイの麻痺（パラライズ）がゴーレムに直撃した瞬間（しゅんかん）に、全（すべ）ての砂の動きが止まった。

「貫（つらぬ）けっ！　『ウォーター・ランス』！」

ハヤトの手元に生み出された水の槍は高速回転すると共に発射。

バツン！　空気を切り裂く音と共に核を貫こうと射出。

「ロロロォォォォオオオオオオオオっ‼」

その瞬間、虚ろなる咆哮で世界が叩きつけられた。サンドリキッド・ゴーレムは目の前に砂を集めるとハヤトの『ウォーター・ランス』を弾く。

「なら、こいつでどうだッ！」

イメージするのは戦車の如き破壊力。二つの足を地につけて両手を標的に向かって重ね合わせる。その瞬間、生み出されるのは大の大人ほどもあるような水の塊。

「ユイっ！」

「任せて！『魂縛る鬼の鞭』！」

流れるようなアシストが刺さった。

「往けッ！」

ズドォォオオオオッツツ！！！！

戦車砲の発射のような轟音が階層主部屋に響き渡り、生み出された衝撃波が周囲の砂を巻き上げる。その後、撃ち放たれた砲弾の後に生み出された真空のトンネルに周りの砂が吸い込まれた。リキッドサンド・ゴーレムの作り出した砂の盾を容易く貫いて核ごと霧散

させる。

「しゃぁッ！」

核が壊れると同時に砂の巨体がゆっくりと黒い煙に変わり始めた。

ごとり、とそこに拳大の宝石を残して。

「何これ？」

ハヤトはそこに落ちた宝石を持ち上げながら誰にともなく問う。すると、すぐに答えが返ってきた。

「ああ、それが『転移の宝珠』よ。運がいいわね」

「これが……」

『転移の宝珠』。

推定売却価格は数千万。これは一度見たことのある場所に一切の時間を必要とせずに転移することができる宝珠であるが、これがそこまでの高値を付けられている理由はただ一つ。

これは、外の世界でも使えるのである。

だが、探索者たちはこの宝珠を売ろうとしない。ダンジョンは死地の世界。特に前線攻略者は未開の大地を自ら踏みしめて先に進むわけである。そこには険しい壁が立ちふさがっている。だから彼らは中域攻略者とは比べ物にならないほどの殉職率を築いている。去年の前線攻略者の殉職率は14％。注意したいのは、この数字が鍛え抜かれた精鋭たちの数字ということだ。今回攻略した20層のトラップエリアは攻略中にいつもよりもより多くの殉職者が出たと聞く。あまねくトラップは人が乗らねば起動しない。それを事前に察知するには希少なスキルオーブである【罠看破】を手にするしかない。故に、ダンジョン攻略本のマップに記されている罠の数は、ほぼ同数でそれだけの犠牲者を指す。

　だが、そんな死の世界においてもこの宝珠が一つあるだけで、生存確率が大きく違う。即死のトラップを除けば、全ての状況をこの転移の宝珠だけで解決できるからだ。

　余談だが、それだけの死者を出しながら各国がダンジョンへの入場を制限しないのは、それだけダンジョンが魅力的であり、魅惑的だからに他ならない。

「ハヤト、転移の宝珠は持ってるの？」

「いや。俺は持ってないけど」

「じゃ、あげるわよ、それ。今日は無理してついてきちゃったし」

「いいのか？　これって結構、貴重品だろ」

《結構なんてもんじゃないぞ……。ガチの貴重品だぞ……》

　転移の宝珠の価値を正しく知っているヘキサが突っ込む。

した。

だが、ユイは不敵な笑みを浮かべながらポーチに手を入れて三つの転移の宝珠を取り出

「ふっふっふ」

「じゃーん！　どうよ！」

「すげえ！　なんでそんなに持ってんの⁉」

「ほら、私って探索者兼アイドルじゃない？」

「そうだな」

「だから、探索者の中にもファンがたくさんいるの。そしたらこういうプレゼントも届くのよ」

「へぇー。すごいな、アイドル。金稼げるじゃん」

「アンタ、ファンからのプレゼントをなんだと思ってるの？　信じられない……」

「………」

「ま、流石に売り飛ばしたり捨てたりしないわよ。よっぽどじゃない限り」

「よっぽど？」

「なに？　聞きたいの？」

「いや、いいっす……」

あんまり触れないほうが良い気配を察知した。まぁ、大変なんだろう。色々と。

「けど、転移の宝珠なんて貴重品をよくプレゼントで贈れるよな」

「何か新しいファンからの贈り物なんだけど、最近まで前線攻略者やってたらしいわ。けど私たちの魅力に気づいて辞めたんだって。手紙に書いてあったの」

「へぇー」

前線攻略者を辞めて、アイドルに貴重品をプレゼントするだなんてよっぽど入れ込んでいるのだろう。世の中、いろんな人がいるものだ。

《なんか似たような話をどこかで……》

（あぁー。どこだったかな……）

二人して思い出せずに悩んでいると、こちらをじぃっと見るユイと目が合った。

「……何？」

「いや、視線がこっち向いてなかったから」

……勘が良すぎないか、こいつ。

「……ユイガカワイクテミラレナカッタンダヨ」

「なんかそこまで適当だと一周回って許せるわ」

「そりゃどうも……」

「んで、ハヤトはここからどうすんの？」

「21層の下見をして、安全圏(セーフエリア)まで楽に行けそうだったらそのまま階層主(ボス)を倒(たお)そうかな」

「ちょっとハイペース過ぎない？　曲がりなりにも20層以上なのよ？　今までの感覚で挑(いど)むと返(う)り討ちにされるわ」

「心配してくれてんの？」

「そりゃするわよ。友達(ともだち)が死にそうな目にあうかも知れないのよ」

「と、友達……？」

「そうよ……。どうしたの、そんな顔して。まさか、友達いないとか言うんじゃないでしょうね」

「は、初めて友達ができた……」

「マジでどういう生活送ってきたのよ……」

友達いないだけでそんなに悲嘆(ひたん)する必要ないだろ！

「ユイはどうすんだ？」

「私は……どうしよ。ついていこうかな」

「………なんで？」

「何？　嫌(いや)なの？」

「別にどっちでもいいけど」

「なにその言い方。って、ホントのこと言うと今の時間は上(ギルド)が混雑してるからあんまり帰りたくないのよ」

「ああ、目立つからか」

「そ。ダンジョン内なら仮面してても良いけど、上はダメでしょ？」

「そうだな。ダンジョン退出の本人確認(かくにん)があるもんな」

ダンジョン退出時は本人かどうかの顔判断が行われる。これは死肉漁り(スカベンジャー)などの探索者殺しが本人と偽(いつわ)って退出し、死体の処理をして行方不明(アンノウン)が出ることを防ぐためである。

「しゃーない。行くか……」

「あ、ちょっと待って。ハヤト、あんたのステータスって今どれくらい？」

「……なんでそんなこと聞くんだ？」

「超高階層(ちょうこうかいそう)に行くんでしょ？　相手のステータスを知っておくのは重要じゃないの。平均で良いわ。流石に平均は出せるでしょ？」

「馬鹿(ばか)にすんな。流石にそれくらい俺でも出来るわ」

全部を足して足した回数だけ割ればいいのだ。

ハヤトはすぐにステータスを確認した。

天原(あまはら) 疾人(はやと)
HP：33　MP：45
STR：21　VIT：20
AGI：21　INT：14
LUC：04　HUM：60
【アクティブスキル】
『武器創造』
【パッシブスキル】
『スキルインストール』

お？　運(LUC)が増えてる。
（ていうか人間性(HUM)がどんどん下がってんだけど）
《私とお前が融合しているからな。その分お前は人間からは遠ざかる》
HUMが下がったのってそういう理由だったんだ……。と、思わぬところで人間性の疑問が解決したハヤト。そして、彼(かれ)はステータスの平均を素早(すばや)く計算すると、それをユイに伝えた。

「19だ」

「適正階層は2層低いのね……」

「ん、まずいか？」

「低い人の中では高いほうよ」

「んん……？」

日本語って難しい。

「やっぱり攻略するなら平均が21になるまでどこかでステータスを上げたほうが良いんだけどね」

「ま、それはおいおいなんとかなるだろ」

「ならないから言ってるのよ。成果は一朝一夕（すぐに）で出るようなもんじゃないんだから」

「ステータスが全てじゃないぞ」

「それは認めるけど、あって困るものでもないでしょ。21階じゃ二十時まで狩（か）りをしましょ。途中（とちゅう）で行けそうだと思ったら先に進めばいいし、無理そうなら階層主（ボス）に挑む。これでどう？」

「お、おぉ……」

「何、そんな目でみて」

「ユイ、お前トレーナーに向いてるかもな」

「本当？　初めて言われたわ。そんなこと」

「まるで本物の前線攻略者（フロントランナー）みたいだった」

「縛（しば）るわよ」

二人は仲良く会話しながら21階層へと降りていった。

それから数日たった日曜日の昼間、ハヤトは自分の部屋でフライパンを振りながら、ずっと考えていたことを口に出した。

「火力が足りなぁいっ！」

「うわっ、急になんですか⁉　ご主人様、突然（とつぜん）大声出さないでくださいよ‼」

ハヤトがいるのは自宅の一口しかないガスコンロの前。せめて炒飯（チャーハン）くらいは作れるようになっておきましょうとエリナがいうので考え事をしながら料理をしていたのだ。

だが、

「なんですか、ガスコンロの話ですか？　まあ、確かに業務用のソレと比べると火力は落ちますけど……」

「……違う。探索者の話」

傍から見れば妹に炒飯を作る優しい兄に見えるだろう。まあ、十六の男が十二歳くらいの女の子から炒飯の作り方を教わっているわけだが。

「ちょっと、ご主人様。なんでご飯を箸でぐるぐるかき混ぜるんですか！　お米が潰れちゃいます……って、ちょっと、本当に潰すの止めてください！」

生クリームを泡立てるときのように菜箸でお米をかき混ぜるハヤト。

「いや、こうやったほうが火の通りがいいかなって……。それにかき混ぜないとフライパンにくっつくだろ？」

「これはテフロン加工してあるから大丈夫なんです!!　もっとティファールを信じて！」

「え、そうなの……。エリナがそう言うなら……」

「小学校の家庭科でやりますよね。調理実習」

「ん？　ウチの学校は無かったよ」

「いやいや、義務教育ですから」

「ちょっと特殊だったんだよ。ウチの学校」

《ハヤトの言ってることは正しいぞ。コイツの記憶を見た限り、小学校の授業で男に家庭科そのものが無い》

「……それ、マジで言ってるんですか？」

「うん。前時代的というか、なんと言うか。けど男に家庭科の授業は無かったなぁ……」

「女の子限定ですか？」

「うーん……。そういうわけでもないけど、まあそんな感じで大体あってる。家庭科の代わりに男は体育を充てられてたわけ。まあ、体育って言っても基礎体力作るようなトレーニングばっかりだったけど」

「どんな学校なんですか……そこ……」

「特殊な学校」

「それはいいです！　今日の料理を見ている限り、ご主人様が卵も割れないということがよく分かりました！」

「まて、言い訳させてくれ！　ステータスが上がったから力の込め具合が分かんなかったんだよ！　卵触るのなんて二年ぶりだから!!」

「ご主人様は私が来なかったらどう生活していくつもりだったんですか……」

「だから、触れてなかっただけで料理しようと思ったらできるんだって」

「自称料理男子ほどあてにならないものはありません！　どうせ料理って言ったってカップラーメンでしょ！」

「あ、俺カップラーメン食べたこと無いんだよね」

「もう！　どさくさに紛れてとんでもないことカミングアウトするのご主人様の悪い癖ですよ！　いますぐ止めてください！」

「別にそういうわけじゃ……」

「焦げてる！　焦げてます！　早くフライパンからお皿によそって‼」

「お、おう……」

ハヤトはフライパンをガスコンロから持ち上げてお皿に炒飯をよそった。

「ガスは切ってからフライパンを持ち上げるんですよ。ご主人様」

「次から気を付ける」

エリナが火のついたままのガスコンロのつまみをひねって火を消す。

「あと、カッコつけてフライパンを振らなくていいですからね。あれは本職の技ですから」

「次から気を付ける」

そう言って少しコンロ周りに飛び散った米粒をエリナが掃除して捨てる。

「卵はお皿の上で割るんですよ？」

「違うんだって、ちょっと力んだら割れたんだって」

ハヤトは卵が落ちた床をティッシュで入念に拭いていた。

「どんな握力してるんですか。意味わかんない言い訳しないで次に活かしてください」

「うぅ……。ヘキサぁー、エリナが冷たいよぉ！」

《いや、炒飯も作れないお前が悪いだろ……。だいたい包丁を刀みたいに握るやつ初めて見たぞ……》

「刃物の持ち方あれ以外知らないんだよぉ……」

「それはそれでヤバい発言しないでください。料理に関してもう何も言いませんから、さっそく食べましょ」

　そう言って二人してテーブルの前について一口運ぶ。

「うん、味は良いな。良くできた」

《なんでドヤ顔してるんだ。凄いのはお前じゃなくてじゃなくて鶏がらスープの素だろ」

「…………」

《無心で食うな》

「そういえばご主人様、さっき何か言いかけてなかったですか？」

「ん？　何か言ったっけ」

「火力が足りないとかなんとか」

「あ、それそれ。その話がしたかったんだよ」

「分かったから口閉じてくださいね。口にご飯粒ついてますから」

「ありがと、エリナ」

《まるで介護だな……》

　ヘキサの一言に先に反応したのはエリナだった。

「これは奉仕です！」

《お、おぉ……。そうか……》

「そろそろ話していいっすかね……」

　ハヤトの言葉にヘキサとエリナが頷いた。

「最近、20層以上で戦い始めてから敵が固すぎて火力が足りないって思うんだ」

「ステータス不足ですか？」

「それもあると思う。けど、一応平均値は20に近づいてるんだ。だから、そこまでステータス不足が原因とは思えないんだよ」

《武器のせいだろ》

「『武器？』」

《ああ。ハヤトの生み出す武器が20層以上の超高階層に適応してないだけだろ。それだけだ》

「武器かぁ……。うーん、難しいなぁ……」
《別に難しくないぞ？　お前が武器を記号化しすぎてるだけだ》
「……なんつった？」
《記号化。まあ、だいぶ端折って言うとだな、普通の人間が『♨』て文字みたら温泉を思い浮かべるだろ？》
　そう言って空中に地図記号を表示するヘキサ。
　どうやってんだろ、それ。
「まあ、そうだな」
《それと同じでお前は武器と聞いて思い浮かべる武器が同じ物ばっかりなんだよ》
「はー、なるほど」
《だから、武器のレパートリーを増やすべきだ。確かに【武器創造】スキルはお前と同格の武器しか生成できないが、お前が成長したのにも拘わらず、お前が作る武器がそれに見合ってないんだよ》
「確かにそうだな」
《じゃあ飯食ったら出かけるぞ》
「どこに？」

《武器屋以外のどこに行くって言うんだ》

　というわけで　ハヤトたちはギルドで貰ったパンフレットに載っている地図に従って武器屋に訪れたのだ。

「武器屋と言っても基本的に防具屋と兼業なんだけどな」

「二つ合わせて装備屋とも言いますもんね」

　正式名称は他にあるのだが、ゲームから持ち込まれた言葉のほうが皆、聞きなれており使い心地も良かったことからそちらが定着したのだ。

「んで、ほんとにここで合ってんの？」

「一応……ギルドで貰ったパンフレットには載ってますすけど……」

　ということは提携店だ。割引が使える、のだが……。

「看板も何も無いんだけど」

「うわっ……窓ガラスもないですよ？　消防法的にセーフなんでしょうか、この建物」

「なーんか、防具買うときに入った最初の店と近い匂いがするぞ……」

「どうします？　別のお店に入ります？」

　と、エリナと二人で黒塗りの建物を外から眺めていると、

「ハヤト……久しぶり」

「……ん？」

ふと、ハヤトの名を呼ぶ少女。

ハヤトの中に潜む本能が全力で危険を叫ぶが、染み付いた反射が先に首を動かして振り向いた。

「げッ、シオリッ⁉」

その瞬間、エリナとヘキサはスキルも使わず人間が一メートル近く飛び上がるのを初めて見たという。

「いえーい」

着地と同時に足をひねってこけたハヤトに向かってダウナー系の少女がピースで答えた。

髪は灰が混じったような深い藍色。瞳はどんよりと海のような青い瞳だ。髪はショートで耳が隠れる長さ。ハヤトが最も苦手とする人間。藍原詩織だ。

何も知らない人間は『世界探索者ランキング』日本2位だなんだと持ち上げ、現役女子高生で可愛いだのなんだの好き勝手に言っている。だが、彼女のことをよく知るハヤトが端的に一言で表現するなら、彼女に対する評価は決まっている。狂人だ。

「こんな所で、どうしたの？　ハヤト」

「人違いですね。じゃ！」

ハヤトは流れるようにエリナの手を掴んで踵を返すと、シオリに背を向けて颯爽と帰っていく。

「どこかに行く用事でもあるの？」

だが、そんなことなど一切気にした様子も見せないのがシオリだ。彼女はハヤトのすぐ隣に並んで耳元にとても冷たい声で尋ねてくる。怒らせたのかと勘違いする人もたまにいるが彼女はこれが素だ。

「お兄様、こちらの方は……？」

シオリ初見のエリナが反応する。

ダメダメ！　無視が一番!!

「妹？　そう。ハヤトには妹がいるって言ってたね……。そっか、仲直りできたんだね」

「人違いです。人違いです。俺はハヤトじゃないです」

「そう？　でも、さっき指紋みたけど……一緒だった。五本とも。そんな偶然あるかな」

《……なんだって？》

少女の目に映る景色をヘキサが見る。

「耳の形も一年前と変わってないね。髪の毛を切るときに左側の切り口が少し雑に自分で切る癖も、食事をするときに右の奥歯に力を込めちゃう癖も、少し焦った時に首の後ろに汗をかく癖も、手を握るときに尺骨付近の筋肉から力を抜く癖も、歩くときの重心移動の癖も、あれ？　最近、筋トレ始めたの？　ううん、違う。筋肉に栄養が行ってるね。じゃあ食事がちゃんとし始めたのかな。前と比べてＡＧＩが12も上がってる。脚の動きが前より少し速いんだ。けど、ちょっとぎこちないかな。多分、ステータスが上がり始めたのは二……違うかな。三週間くらい前かな？　ねえ、ハヤト。さっきの声を二年前の声と比べたけど、やっぱり声の高さに誤差は無かったよ？　多分声紋も一緒だよね？　ねえ、ちゃんと目を見せて。そしたら瞳孔で分かるから。ちゃんと聞いてる？　うん、聞いてるよね。だって、ハヤトの鼓動がさっきよりも毎分十五回以上も上がってるんだもん。それだけじゃない。熱も０．３度上がってるね。可愛いね。前となんにも変わってないね。ねえハヤト、私も好きだよ」

「俺は好きじゃねえよッ！！！」

「照れちゃってぇ～」

エリナもヘキサもドン引きである。

「どういう風に考えたら俺がお前のこと好きってことになるんだよ」

「私と出会ったことでハヤトの体温が上がったから。恋愛感情でアドレナリンとかノルエピネフリンが心拍数を上げてるからでしょ？　私から逃げたのはドーパミンが挙動不審を引き起こしたの。違う？」

「違ぇよ。こっちは身の危険を感じてアドレナリンとオステオカルシンが出てんだよ」

「またまた～」

「まったくもって話を聞かねえその癖は治ってねえな……」

ハヤトも観念して自分を否定することは止めた。

「お、お兄様。こちらは？」

「シオリ、自己紹介」

「藍原詩織十六歳。二年前にハヤトと運命的な出会いを果たしたの」

「そ、そうなんですか」

「うん。一目見た時に思ったの。あぁ、私はこの人に殺されるんだなって」

「………はい？」

「そうだよね、ハヤト。思ったよね」

「思ってねぇよ」

これは、一つの不幸な事故のようなものなのだ。二年前の荒んだハヤトは、誰かが道に立ちふさがっていたら「退けろ！　ぶっ殺すぞ！」と叫んで無理やり突破していた。その時、たまたまシオリがそこにいた。

それで何かを勘違いしたシオリに付きまとわれているのである。

「ねえ、ハヤト。私ハヤトに殺されるために強くなったよ？　ねえ、いいでしょ？」

「何がいいんだよ」

「ね、斬り合おうよ。殺し合おう？」

「やだよ」

「あの、一つつかぬことをお伺いしますが……」

青ざめた顔でエリナが口を開いた。

「シオリ様は死にたいのですか？」

「ううん。生きたいよ？　けど、ハヤトならいいかなって」

「いいわけないだろ。俺を殺人犯にするのかよ」

「私がお願いしたって遺書書けばだいじょーぶ」

「大丈夫じゃねえよ。お前、高校通ってるんだから常識つけてきてくれよ……。頼むからさ……」

「なんかお兄様がその台詞を言うのは少し違和感がありますが……どうにも説得力ありますね」

「常識は、あるよ……。ハヤトより」

「…………」

無視無視。

「それでハヤトはどうしてここに来たの？」

「武器を見に」

「私と一緒だね」

「あ？　ついに壊れたか」

頭が。

「私のじゃない。私の……弟子（でし）の」

「ああ、弟子育成（バンド）システムか」

あまねくAランク以上の探索者は弟子の育成が義務付けられている。ダンジョンは人類にとっての宝物庫。そこから数多くの宝を持ち帰るトレジャーハンターたちが何かの拍子（ひょうし）に全滅（ぜんめつ）しようものなら、それは自国だけではなく世界にとっての損失である。

故に、トップランカーたちには自らの技術を後輩（こうはい）たちに伝える義務があるのだ。ちなみに、弟子は何人とっても構わない。なので、ダイスケなんかは十人近く取っている。だが、そんなことをすれば自分の探索に回す時間が減るため、多くの探索者たちが取る弟子の数は一人。ダイスケの人柄（ひとがら）が分かるというものだ。

そもそもシオリの武器は魔剣と呼ばれるダンジョン産の鬼強い武器だ。ちょっとやそっとじゃ壊れない。

「その弟子は……今日は来てないか」

「うん、学校があるから」

「あー……」

ハヤトは学校を辞めてからもう二年になるから、平日には学校ということをふとすると忘れていることがある。ちなみにシオリは超有名大学の付属高校に名前を貸すという形で未受験で高校生になった。

もちろん学費は無料。制服代や教科書代すらも学校が負担している。全ては学校の名をあげるためだ。シオリが何かの功績を上げるたびに〇〇高校の藍原詩織という名前が出る。学校にとっても素晴らしい広告塔だろう。このままいけば大学までエスカレーターで行くという話を去年聞いた。羨ましい限りである。

「それでハヤトはどうして武器を見に来たの？　あの短剣、壊れたの？」

「ん……。まあ、そんなところ」

別に正直に伝える必要もないだろう。シオリだし。

「じゃあ早く入ろ？　私が口利きしてあげるから」

「いいよ。別に見に来ただけだし」

「いいの。遠慮しないの」

そう言って女子高生に腕をつかまれて引きずられる中卒探索者。

「いや、マジで要らないんだって……。痛い痛いいたいっ！　なんつー握力してんだ！」

「この間、体力測定で測ったら八十五キロだったよ」

「えっ。林檎砕けるじゃん」

戦慄するハヤト。

「計測器が壊れないようにセーブしたの。あ、林檎ジュースが飲みたくなったら呼んで」

ちなみにだが、シオリの握力は前線攻略者の中では低い値だ。ハヤトも自分では気づいていないものの、七十キロ近くまで握力は上昇している。ダンジョン内で身体を鍛えるということはそういうことなのだ。

ギネス記録もここに来て連日更新され続けているので、最初はニュースとして取り上げられていた世界新記録も今ではニュースにすらならないのが現実だ。連日記録更新のニュースを聞かされるなんて、ダンジョンが生まれる前まではいったい誰が予想しただろう。

「お、お兄様。早く入りましょう。その、他の人たちに見られています」

「ん？　あぁ、ほんとだ」

シオリは有名人だ。性格は終わっているが、顔だけは良いのでテレビ、雑誌、新聞は勿論、動画サイトでも彼女が出るだけで相当の再生数が約束されるらしい。

ハヤトは動画サイトを一回も見たことがないから、そのあたりのことを詳しくは知らないのだが。

そんな有名人が平日の昼間とは言え、人通りの少なくない道にいるのだ。当然、人の目が集まるだろう。野次馬たちはシオリの肖像権など気にした様子も見せずにパシャパシャと写真を撮っている。

《……気分の良いものではないな》

（あぁ）

「おい、シオリ。さっさと行くぞ」

彼女とて勝手に写真を撮られるのは本望ではないだろう。そう思って、ハヤトはシオリの手を取って武器屋に向かった。その瞬間、

「いぇーい」

彼女はすさまじい力でハヤトを引き寄せ、腕を組むと写真を撮っていた男性に向かってピースをした。

「……なにやってんの？」

「勝手に撮られたから」

「俺の肖像権は？」

「ギリギリ、カメラの画角の外になるように調整した」

「……本当かよ」

ハヤトはため息をつくと、シオリたちと共に武器屋に入った。

シオリのそれが、彼女なりの照れ隠しだと気づいたのはエリナとヘキサだけだった。

「あ、藍原様⁉　いらっしゃいませ！」

シオリが我が物顔で入っていった店の店員たちが慌てて出迎えてくれた。彼女はそれを気にした様子も見せずに、ずんずんと店の中に入っていく。

ここ、俺が防具を見に来た時の最初の店じゃん……。

あの時は外観をじっくり見る余裕なんて無かったので気が付かなかったが、店内に入ると流石に気が付いた。というか、あの店にシオリが使っている防具の別モデルがある時点で気が付くべきだった。

「今日はマヤの武器を見に来たの」

「ということは短剣でしょうか」

「うん。あと短刀も。中級者向けで用意して」

え、シオリの弟子って中域攻略者(ミドルランナー)なの？　まだ中学二年生なのに……？　と、己(おのれ)との才能の差を感じて恐怖(きょうふ)するハヤト。

「かしこまりました。そちらのお客様は？」

「私の夫」

「さらっととんでもない嘘(うそ)つくんじゃねえよ。あ、俺たちは気にしないでください」

「は、はぁ……」

シオリのヤバいところは真顔でそういうことを言うところである。付き合い慣れていないと何が本当で何が嘘なのか分かったもんじゃない。

「なんだ、その……マヤは元気にやってるか？」

一ノ瀬(いちのせ)マヤ。シオリの一番弟子にして、現在『世界探索者ランキング(WER)』日本1位の一ノ瀬(せ)悠真(ゆうま)の妹である。

「ハヤト、私の前で他の女の話」

「なんでだよ。お前にとっても妹みたいな奴(やつ)だろ」

八歳も歳の離(はな)れた兄に影響(えいきょう)を受けたのか、彼女は去年シオリに弟子入りして探索者になった。

「やってる。けど、微妙(びみょう)」

「まぁ、本人の性格もあると思うけど」

マヤとユウマには両親が存在しない。彼らは同じ児童福祉施設で育てられた子供なのだ。親から捨てられたハヤトは彼らに少しだけ同情というか、共感を抱いている。……ユウマはともかく、マヤはそうは思っていないみたいだが。

「ねぇ、ハヤト。いまどこにいるの？」

「ダンジョンの話か？　23だ。今は安全圏まで進めるようになった」

「……いつから、本気だしたの？」

どいつもこいつも、まるで今までが本気ではなかったみたいに言いやがって……。

「三週間前かなぁ……」

「やっぱり、ハヤトは凄い。信じてたよ。ハヤトはやれば出来る子だって」

「お前は俺の母親か」

「時には母であり、時には恋人であり、時には妹、時には姉……」

「え、何々。何が始まんの……？」

「お兄様」

「どした？」

「浮くか？」

「お兄様って、ほんとはシオリ様と仲が良いですよね？」

「はははっ。どこ見たらそうなるんだよ」

「…………」

閉口するエリナ。

《おい。ここに来た目的を忘れてないか？》

(ん。そろそろ行くか)

「シオリ、俺は俺で武器を見ておくから」

「……分かった。またあとで」

「あとは無い」

ということでシオリと離れたハヤトはエリナと共に武器を見て回ることにした。

「お兄様はダンジョン内でどんな武器を使われているんですか？」

「基本は槍(やり)だな。リーチがあって弱点を突(つ)きやすいから重宝してるんだよ」

《まあ、槍は最強の武器だからな。なんと言っても素人(しろうと)でも扱(あつか)いやすい！　これに限る》

「他には特大剣(とくだいけん)。最近はこっちのほうが多いかもしれない。質量は単純に火力になるからな」

《特大剣は良いぞォ！　火力は正義》

「うるせえぞ。ヘキサ」

コイツ、武器オタクなんだろうか。

「火力不足って言われていましたものね」

「本当は場合に合わせていろんな武器を使えたほうが良いんだろうが、如何せん火力が足りんからなぁ」

「お兄様って日本刀とか好きな見た目してますけど、使わないんですか？」

「どういう見た目だよ……。日本刀はシオリが使ってるからな」

ハヤトの声色にわずかな揺らぎを感じたエリナはふと、ハヤトを見た。

本当にそれだけだろうか？　いま、自分の主人の中に生まれた感情の揺れは本当にそれだけが原因だろうか。

だが、ハヤトは明らかに触れてほしくないという雰囲気を出している。ここは空気を読むべきだろう。

「武器も色々あるなぁ」

「いらっしゃいませ。何をお求めでしょうか？」

ウィンドウを見ながら歩いていたハヤトにスーツ姿の店員が話しかけてきた。

「最近、火力が足りないと思い始めまして武器を見に来たんですよ」

「主に何を使われていますか？」

「槍ですね」

「どの階層に潜られていますか？」

「今は23、あとちょっとで24層に行けそうなんで、上級者向けを見たいんですけど」

「こちらにどうぞ」

　店員は流れるようにハヤトを案内すると、そこにはいくつもの槍が置いてあった。下に書いてある値段は努めて見ないようにしながらハヤトは槍に近寄った。

「ここにあるのが上級者向けでございます」

「……これは」

　その中でハヤトの興味を引いたのは穂先の蒼い短槍。だが柄を中心として他は黒を基調として作られている。

「こちらは22層で採れます『スカイクリスタル』を槍の形に削り出し24層で採れる『鐵黒鉛』をカーボンファイバーに加工して巻いたものです。加工した職人の話によると、手に持つと吸いつくような握り心地、まるで自分から動いたかのように動きが滑らかになるとのことです」

「な、なるほど……。少し手に持ってもいいですか？」

「はい。構いません」

ハヤトはその槍を手に取った。長さは一メートル六十センチほどだろう。なるほど、確かに手に吸い付くかのように馴染む。そして、何よりも重い。短いが槍そのものが重い事で威力を上げるのに役立っているのだろう。

「お、お、お兄様。ね、ね、ね、ねっ、値段が！」

壊れたラジオみたいな声を出しながら値段を指さすエリナ。ハヤトはその綺麗な指先の導線に従って視線を移動させると……。

「ん？　はぁっ⁉」

「こちらは24階層の素材を用いておりますから、その分値段も高くなっておりまして」

お値段、１５００万円。

「い、１０００万の槍はちょっと、買えないです……」

ハヤトは壊れ物を取り扱うかのように、丁寧に元の位置に槍を置いた。

「大丈夫ですよ。二十四回までの分割ですと金利が０ですから」

「エリナ、１５００万を二十四で割ると？」

「62万円です」

「無理じゃん……」

《消費税だけで車が買えるな》

この間１００万円を稼いで大はしゃぎしてた人間に１５００万は支払えるはずもない。

「……出直してきます」

「待って、ハヤト」

「これは藍原様。いらっしゃいませ」

「ここはギルドとの提携店だから探索者割引で十パーセント安くなるの」

「なら１３５０万円ですね」

エリナが補足。

「どっちにしろ無理だよな」

「私が半額だす」

シオリがそう言ってハヤトの肩にぽん、と手を置いた。

「６７５万円になりましたよ」

「無理だな」

「じゃあ、全部だす」

「０円ですよ。お兄様」

「流石にそれくらいは分かるって」

「どう、ハヤト」

「いや、いい。シオリに出してもらって買うなら、俺に前線攻略者（フロントランナー）が早かっただけだ。出直すよ」

「そう？　ハヤトがそう言うなら」

シオリはそれにあっさりと引くと、今しがた買ったばかりの武器が入っている袋（ふくろ）の位置を整えた。

《……お前ら、案外お似合いだな》

（やめろよ。ぞっとする）

ヘキサと同じ意見だとエリナは静かに首を縦に振（ふ）った。

それからしばらくして、シオリと別れたハヤトたちは帰宅した。

《さて、こっからが本番だな》

「もちのろんよぉ！」

ハヤトもヘキサも店を出た時からテンション上がりっぱなし。一方、エリナは何が起きているのか分からず尋（たず）ねた。

「いったい、何が始まるんですか？」

「いいか、エリナ。俺は【武器創造】というスキルを持っている」

「そうらしいですね。実際には見たこと無いですけど」

《そのスキルはハヤトの想像力によって武器が生まれるんだ》

「つまり」

《ハヤトが》

「実際に手にもった」

《武器を》

「想像すればッ！」

二人して考えていたことを近所迷惑も考えずに大声で口にする。

「……それを創れるってことですか？」

状況を飲み込み始めたエリナが恐る恐る口を開いた。ということは、つまり。

「行くぜッ！」

ハヤトは何もない方向に向かって手を突き出すと、創造開始。今まで生み出してきた武器とは一線を画す武器を産み出すため、普段より時間がかかるがそれでも確かに成功した。

ざわっと、空間を捻じ曲げてそれは出現する。

「……その、槍は」

エリナが思わず漏らした。黒を基調とした蒼い槍。手に吸い付くような装備感。重たい

が故に一撃の威力が高まっているそれは、

《これで1500万が浮いたな》

　間違いなく、先ほどの槍であった。

「それだけじゃない」

「え、どういうことですか？」

「俺は更に槍に追加で効果を付与した。『HP+15、MP+20、STR+10、AGI+5』だ」

「ぶっ壊れじゃないですか！」

「ぶっ壊れだ」

「最初からできるなら作ってくださいよ！」

《そういうな、エリナ。このスキルにも制限があるんだ。『自分と同格の武器』しか作れないという制限がな》

「な、なるほど……」

　エリナは分かったような、分かっていないような、そんな声をあげた。

　新しい武器を手に入れてからというもの、ハヤトの攻略速度は順調に上がり、ついにそ

の日がやってきた。

「……ついに今日なんですね」

「長かったですよ、本当に」

いつもの時間帯。ほとんどの探索者がまだ家で寝静まっている頃にハヤトは身を包んだ防具の位置を合わせるように身体をゆすった。

「私はハヤトさんを信じていますから」

「真正面からそう言われると恥ずかしいですね」

咲と見つめ合っていたハヤトは笑った。

「ふふっ。危なくなったらすぐに逃げてくださいね。SOS信号を見張ってますから」

「ええ、命が一番ですから」

ハヤトはそう言って笑った。ついに今日、彼は行く。

「いってらっしゃい、ハヤトさん。次に会うときは前線攻略者ですかね」

「そうありたいですね。じゃ、行ってきます」

今日、ハヤトは23層を突破する。

23階層に入ると、むっとした熱気に包まれた。この階層は『熱帯雨林』エリアと呼ばれている階層だ。階層全体を熱帯雨林のような温度と湿気が包んでおり、聳え立つ木々のせいで日当たりは悪く基本的に陰(かげ)っている。

そんな中を、安全圏(セーフエリア)目指してハヤトは歩き始めた。その手には蒼い槍。ハヤトの懸念(けねん)だった火力不足を解消してくれた一本である。

《緊張(きんちょう)してるか？》

「まさか」

《ようやく、といったところか？》

「そうだな。明日でちょうど一か月だしな」

《有言実行といったところか。私の目に狂(くる)いは無かったな》

「おいおい、俺(おれ)はまだ突破してないぜ？　その言葉は終わってからにしてくれよ」

《23階層の階層主(ボス)は『オールドガーディアン』。お前の得意とする人型だ。あぁ、まったくもって素晴らしい組み合わせに感激するな》

「たまたまだよ。運が良かっただけだ」

ハヤトはそう言いながら地図化された順路を進んでいく。前線攻略者(フロントランナー)たちが整備してくれた道だ。ハヤトはそう思うからこそ、常に冷静になれた。自分の力を過信してうぬぼれることは無かった。

《今日はやけに落ち着いているな》

「ヘキサが上機嫌なだけだろ」

《テンションも上がるさ。今日、ここに一人の英雄が生まれるんだから》

「フラグをバンバン立てるの止めてくんない？」

ハヤトはできるだけモンスターとの接触を避けて階層主部屋に向かう。途中、安全圏で休んだ時間も含めたら三時間ほどで階層主部屋についた。

「……流石に緊張してきた」

《準備は良いか？》

「勿論」

ハヤトはそう言って階層主部屋の扉をゆっくりと通り抜けた。刹那、階層主部屋の中に灯りが灯る。そこにいたのは、苔むして、蔦に覆われた石像。それがゆっくりと動き始めると、眼に光が灯りハヤトを見る。

「……デカいな」

《来るぞッ！》

その瞬間、三メートルはありそうな巨大な身体が大きく石剣を払うと、苔と蔦が宙を舞う。

〝【火属性魔法Ｌｖ３】【狂騒なる重撃】【神速の踏み込み】をインストールします〟

〝インストール完了〟

「『ファイヤ・ボール』ッ！」

挨拶代わりにと、ハヤトの正面に生み出された四つの火球が放たれる。

「ＲｕｕｕｕｕｕＵＵＵＵＵＵ！」

オールドガーディアンは自身の背丈ほどある剣で火球をガード。次いで聞こえる着弾音。

ドドドン！　と重なって聞こえる爆撃の音。そこに生まれる煙に紛れるようにしてハヤトは【神速の踏み込み】。

ドン、と先ほどの爆撃音に勝るとも劣らない音でハヤトの身体が射出される。槍を前に突き出すようにして踏み込むことによって目の前の空気が円錐状に切り裂かれると、衝撃波を生みだしながら、突撃。

「吹き飛べッ！」

音が響く間にオールドガーディアンに接近したハヤトは【狂騒なる重撃】を発動。

ズドドドドドドドッツツツ！！！

到底、石と槍のぶつかった音とは思えぬほどの轟音が階層主部屋に響く。【神速の踏み込み】も相まってハヤトの一撃は高速でトラックがぶつかったほどの衝撃をオールドガーディアンにもたらした。しかし、

《はっ。この程度じゃ倒れないか》

当然、23階層の階層主らしくオールドガーディアンも普通ではない。

「そうでないと張り合いがねぇよっ！」

「RAAAAAAAAAAAAAAAAAAAAAAA！」

オールドガーディアンが叫ぶと同時に剣を振り回す。それは【狂騒なる重撃】。

「こいつ、スキルをッ⁉」

《そりゃ使うさ。階層主だぞ》

「なるほど、そりゃ良い……ッ！」

ハヤトは剣と剣の間に紙一重で身体を通す。一歩間違えたら死ぬ。その緊張感がどこまでのハヤトの脳を焼いていく。オールドガーディアンがさらに一際大きく叫ぶ。だが、その叫びと共に【神速の踏み込み】で空へと浮かび上がっていたハヤトは空中でイメージ。そこにあるのは炎の海。

「来いッ！」

そして、地獄が世界に顕現する。本来、石というのは燃えない。だが、目の前にいるのはただの石ではない。人の形を取り、人の動きをする石像だ。ならば、

「GYAAAAAAAAAAAAAA」

オールドガーディアンの悲痛な叫びが階層主部屋に響く。部屋の中にあった全ての植物がハヤトの魔法によって炭化した。

〝【狂騒なる重撃】を排出〟

〝【一点突破：弱点特効】をインストールします〟

〝インストール完了〟

ハヤトは再びの【神速の踏み込み】。それを五連続。一歩一歩に莫大な負荷が足にかかるが、それと共に強力な推進力を得る。だが、それに対応してくるのは流石23階層の階層主。

「ＲＵＵＵＵＵ！」

オールドガーディアンが大きく叫ぶと、地面から無数の枝が出現。

「植物を操って……ッ！」

刹那、天を覆う無数の枝が細く尖ると、ハヤトめがけて襲い掛かってきた。無論、速さもハヤトと同様にッ！

「燃えろッ！」

その瞬間、ハヤトの穂先に火が灯ると同時にそれは彼を守るようにして展開された。しかし、それは彼を守る盾にもなるが視界を奪うという諸刃の剣。

だが、それで構わない。そうでないと、突破できない。

「オォォォオオオオオオオオオオオオオオッッツ！」

獣の如き咆哮が階層主部屋に響き渡る。無数の枝がハヤトを貫かんと襲い掛かるなか、ほとんどの枝は炎に巻かれて燃えていく。だが、その中の一本が炎を抜けてハヤトの真正面に飛び出したッ！

《ハヤトッ！》

「……ッ！」

すんでの所で首をひねったのはまさに神速の反射神経。ハヤトの耳元を、唸りを上げて枝が擦過。ぱっ、とハヤトの頬が切れて血が滲んだ。後ろからは無数の追撃の枝。

「終わりだァ!!」

だが、それよりも早くハヤトの槍がオールドガーディアンの胸に突き刺さった。そこにあるのはゴーレムたちにとって何よりも大切な〝核〟。穂先に灯された炎がそのまま中を食い破るように燃え広がると、オールドガーディアンは一際大きく咆哮し、黒い霧になって霧散した。

「はぁ、はぁ……はぁ……」

槍を地面について肩で呼吸するハヤト。長い時間をかけるよりは短期決戦で行くという決意は果たされたのだ。

「はぁ……」
《やったじゃないか！　ハヤト！》
「あぁ……。なんとかなったな……」
《テンション低いぞ！　これでお前も前線攻略者（フロントランナー）だ！　喜べ!!》
「いや、普通に息切れで……」
そう言って何度か呼吸すると、ようやく収まってきた。
「さてさて、ドロップアイテムは……何これ、実？」
《果物か。持っておいて損はないだろ》
「そうだな。帰って咲さんに鑑定（かんてい）してもらおう」
そう言ってハヤトはまんま林檎に見える赤い実を拾い上げると、ポーチに仕舞（しま）って24階層へと降りる階段に足を付けた。
《こけるなよ》
「なんつー忠告だよ」
《いや、ここで滑（すべ）って頭を打ってお陀仏（だぶつ）だなんてシャレにならんから》
「そんなヘマするわけねーだろ」
そう言って24階層へと降りていく。その先には攻略本（こうりゃくぼん）にも記されていない未知の世界が広がっているのだ。人類とダンジョンの最前線。幾度とない命の応酬が繰り広げられる別世界。かつて、最も生を感じることができたハヤトの居場所。

「戻ってきたぞ、最前線！」

そう言って24階層への扉を開いた。

刹那、ハヤトを出迎えたのは耳に響き渡るような警告音だった。

24階層は『美術館』エリアと呼ばれるダンジョン内唯一（ゆいいつ）の人工物で作られたエリアである。道幅（みちはば）は二メートルほどでエリアは迷路（めいろ）のように入り組んでいるため見通しは悪く、敵（モンスター）と出会った場合、彼らから逃（に）げ出すのは困難だ。

しかし何よりも美術館エリアと呼ばれる所以（ゆえん）はまさに道の両端（りょうたん）に置かれている無数の芸術品だろう。既存（きぞん）のもの、未知のもの。古典的なもの。前衛的なもの。絵画といわず、彫刻（ちょうこく）やオブジェなどありとあらゆるものがそこにはある。そんな24階層はエリア全体がうっすらとした照明に照らされており、視界はお世辞にも良いとは言えなかった。

その中にハヤトの探索者証（ライセンス）から警告音が響き渡る。

それはともすると単独（ソロ）で10階層に入ったときの警告音にも聞こえた。だが、違（ちが）う。もっと本能の奥底（おくそこ）に響き渡るような恐怖の音色だ。

『ハヤトさん！　いま24階層にいますよね!?』

ふと警告音が鳴り響いている探索者証の音が止まると同時に咲の声が響いた。かなり音質は悪いが、声が聞こえないほどではない。ダンジョンの中では電波が通じない。その代わり、『双伝晶』というクリスタルを使って通信することができるのだ。音質はかなり悪いが。

「咲さん？　何かあったんですか？」

『ああ、良かった。無事なんですね。たった今、ギルドから緊急警報が発令されました。Bランク以下の探索者はすぐに帰還してください‼』

緊急警報とは、ダンジョン内になんらかの異変が発生した時にギルドが発令する警報だ。これを聞いた探索者は速やかな帰還が推奨される。それに従わず、消息不明になった場合ギルドは救援隊を派遣しない。

ただ、それにしてもBランク以下というのは穏やかではない。Aランクの探索者は日本に百人程度。一握りの数少ない人間がたどり着ける極地である。そんな人間しかダンジョンに入れない？　何が起きているんだ。

「何が、起きたんですか」

焦る気持ちを抑えて、ハヤトは冷静に尋ねた。

『落ち着いて聞いてください。「ヴィクトリア」と「戦乙女's」が壊滅。現在、ユウマさんとシオリさんに緊急連絡を取っています！』

「ヴィクトリアが壊滅⁉　ダイスケさんは！！？」

あり得ない。それ以外の言葉が、出てこなかった。

ヴィクトリアは前線攻略者のためだけに作られた攻略クランで、クランメンバーはダイスケと久我が二人して篩いにかけた猛者だけのはずだ。戦乙女'sはアイドルだが、前線攻略者しか居ないクランだ。少なくとも、今のハヤトよりも前線の歴は長い。

それが壊滅……？　それは……質の悪い冗談じゃないのか？

『連絡を取っていますが、返答はありません……』

「……ッ！　シオリと、ユウマさんは！　近くにいないのか⁉」

『二人とも、今日は入場制限でダンジョンに入ってないんです！　ハヤトさん！　ここは一時撤退を！』

咲の言葉が頭を幾度となくめぐりまわる。

死んだかも知れない。あの阿久津大輔が？　あの『戦乙女's』が？

『世界探索者ランキング』78位の化け物が死ぬ？　そんなこと……。

〝【気配察知】【広域索敵】【地図化】をインストールできます〟

〝インストールしますか？　Y／N〟

ハヤトは流れるように〝Y〟を選択。

「すいません。確認してきます」

『ちょっと！　ハヤトさん!?』

ハヤトはそう言うと探索者証を防具の中に押し込んで、スキルを発動した。ぱっ、と両目に24階層の地図が表示されると【広域索敵】の範囲内に入った敵が地図上に表示。それと同時に【気配察知】で感じ取った他の探索者たちが地図上に表示された。

《ハヤト！　右上だっ！》

ヘキサの言葉に弾かれるように視線を上げた先に探索者が三十人近く固まっているのが見えた。ヴィクトリアは大所帯。これくらいの人数で攻略することは当然、考えられる。

「行こうッ！」

ハヤトは撤退を叫び続ける咲の言葉を無視して地図の右上に向かった。

自分の知り合いが死んでいるかも知れないという現実がハヤトの心臓を激しく叩く。その恐怖は探索者なら、当たり前の感覚だ。だが、ハヤトは久しくそんなことを忘れていた。

それは阿久津大輔が『ＷＥＲ』１００位以内ということだけでだ。

そんなもの、所詮は人の決めたものに過ぎないというのに。

「変だな……。モンスターがいない……？」

ハヤトは薄暗い廊下を疾走しながらそう口に出した。【広域索敵】のおかげでモンスターの位置は手に取るように分かる……はずだったが、地図の右上に行けば行くほどにモンスターの数は減っている。反対に左下にはモンスターが集結していた。

まるで、何かから逃げ出すように。

《次を左だ！》

「おうっ！」

ヘキサの指示に従ってハヤトが右に曲がった瞬間に、彼を出迎えたのは地獄だった。

思わずハヤトの足が緩み、立ち止まってしまう。

「……なんだこれ」

廊下のいたるところにはべったりと血が付着しており、所々に人の臓器や骨、あるいは四肢の一部が落ちている。それは強引に引きちぎられたようにも見えたし、鋭利なもので断ち切られたようにも見えた。

その持ち主だったであろう探索者たちの遺体……と、呼んでいいのかも分からないほどに損傷した肉の塊がそこかしこに転がっている。きらきらと、血溜まりの中で光る探索者証だけが彼らが人であったことを静かに教えてくれた。

そして、その地獄の突き当たりに彼はいた。

「ダイスケさんッ！」

死体の山の中に一人。地面に横たわり、壁に頭をついてぐったりしている様子のダイスケが。

「……ハヤト……か」

「すぐにポーションを！」

見るとダイスケの腹には大きな穴があった。何で開けられたのだろう。さらには彼の上級者向けの防具が飴細工のようにひしゃげ、崩れていた。ダイスケの右手と左脚が無い。傷痕からは乱雑に千切られた痕から骨が突きだしていた。腹からあふれ出す血液が河を作って流れている。彼が生きているのは、ひとえにＨＰが０になっていないから。ダンジョンが生み出したステータスという絶対が、この場において彼の命を繋いでいた。

「俺の……ポーチに……」

「喋らないでください！」

ハヤトはダイスケの血まみれになったポーチを持ち上げると中から一番色の濃い治癒ポーションを取り出す。

……Ｌｖ５の治癒ポーションなんて初めて見た。

「落ち着いて。ゆっくり飲んでください」

ハヤトはダイスケの頭を持ち上げるとＬｖ５の治癒ポーションをゆっくりと喉に流し込んだ。ダイスケは震えながらゴクリと、音を立てて治癒ポーションを飲む。その瞬間、彼の傷口が光に包まれた。人智を超えた治癒ポーションが効力を発揮。傷ついたダイスケの身体を治していく。

だが、あまりにも傷が深すぎる。四肢の欠損などたちどころに治してしまうはずなのに、光の繭が傷口を覆ったまま何も変わらない。恐らく、今は重要な臓器が優先して修復されているのだろう。

「何が、あったんですか」

ハヤトの言葉にダイスケはポーションから口を離して首を振った。

「分からない……。後衛の叫び声が聞こえた後、振り向いた瞬間に血しぶきが上がった。敵はその瞬間に中核に切り込んできた」

「……人間ですか？」

「いや……。背丈が三メートルくらいあったから、モンスターだろう……。とりあえず、俺は足止めして、久我と数人をあっちに行かせた」

「……クランのメンバーを逃がすためですか？」

「戦乙女'sが、攻略に来てんだよ……今日はな。俺は、子供が居るから、分かるんだ。あの子たちの親の気持ちが。……とんでもなく、怖いだろうよ。自分の子供を死地においやって喜ぶ親なんて……どこにもいないからな……。だから、守ろうと、思って……」

うわ言のようにブツブツと小さく唇を動かすダイスケ。このままでは埒が明かないと、ハヤトは話を打ち切るようにして聞き返した。

「何が起きて、こうなったんですか」

「……分からねえ」

分からない？　そんなことあるのか？

「開始十秒で後衛が全滅した。すぐ事の状況に気が付いた魔法職の奴らが詠唱を始めたがその前に斬り殺された。その後、無我夢中で戦ったが……気が付けばこの有様だ」

「……スキルは、ダイスケさんのスキルは使ったんですか⁉」

阿久津大輔は〝覚醒〟と呼称されるタイプのスキルを持っている。いや、これはダイスケだけではない。百位以内に存在するあまねく超々高位ランカーたちは皆、己が名前を体現するスキルを極めたスキルを持っている。

「……使う間もなく、これだよ。……まったくもって、面目ない」

「分かったからポーションを全部飲んでください！」

「……あとは自分で……飲める。ハヤト、頼みがあるんだが……」

「なんですか！」

「く、久我を……追いかけろ……。あの化け物は……アイツらを追いかけて……」

「……ッ！」

「親に裏切られた……お前に……大人から頼むのは……卑怯だと、思うが……」

「……何を言ってるんですか」

「俺は……守れなかったから！」

その時、ハヤトはダイスケの目に涙が浮かんでいるのが見えた。

「お前しか、いないんだよ……お前だけなんだ！」

「………どうして、俺なんですか」

「俺にはヴィクトリアを守れなかった……ッ。だから……もう、お前しか、頼れない……！」

「……っ」

ハヤトはダイスケに治癒ポーションをしっかり持たせると立ち上がった。ダイスケはそれだけ言うと、震える手で治癒ポーションを飲み干し……それで、気力を全て振り絞ったのか、気を失った。

「分かりました」

ハヤトはダイスケが指した方角に向かって走り出した。自分にどうにかできると思ったわけじゃない。どうにか出来ると思い上がったわけじゃない。ただ、やらなければいけないと思っただけだ。

地図の先には、激しく動き回る八つの人影があった。ハヤトは地図を見ながら全速力で走る。そして、走りながら自らに問いかけた。

何ができる。俺に何ができる。

敵は最強集団の攻略組を壊滅。『WER』78位の阿久津大輔にすら手だしさせずに倒しきった。そんな敵に対して俺は何ができるんだ？　二年間も三層で燻り続けていた俺が……。

八つの人影は【広域索敵】に引っかかった一つの巨大なモンスターの周りを縦横無尽に駆け回っている。アイドルとは言え、流石は攻略クラン。不意打ちでなければ対応できるということだろうか。

《……ハヤト、転移の宝珠を用意しておけ》

「どうして」

《最悪の事態を想定しろ。せめて、お前だけでも……》

ハヤトの隣を浮遊しながら追随するヘキサの顔は極めて険しい。この先に広がる地獄をまるで見通しているかのように。

そのとき、地図に映っていた探索者の動きが止まった。

「……ッ！」

それと同時にハヤトは角を曲がって、戦場に参戦した。そこにいたのは血まみれになりながら戦っている三人の男女と、地面に倒れている五人の少女。

そして、そこにいるのは間違いなく。

「ユイッ！」

彼女は地面に倒れている他の少女と似たような防具に身を包んでいるが、所々色が違う。

……ユイの言ってたアイドルって戦乙女'sかよ！

《ハヤト、急げッ！》

そして、元凶が四メートルはある巨大な鉈をユイめがけて振り下ろすのが見えた。ユイはそれを呆然と見ているだけ。ＭＰ切れか、出血か。身体の自由が利かないのだ。

敵は巨大なミノタウロスだった。顔には獰猛な笑顔が張り付いて、この虐殺を楽しんでいるかのように笑いながら鉈を振り下ろす。

……間に合うか。

否。

間に合わせるのだッ!!

〝【気配察知】を排出〟

〝【韋駄天】をインストールします〟

〝【広域索敵】を排出〟

〝【神速の疾走】をインストールします〟

〝【地図化】を排出〟

〝【ダメージ軽減Ｌｖ３】をインストールします〟

〝インストール完了〟

「間に合えぇえええええええええええっ！」

全てのスキルを使って全力疾走。ハヤトは右手を突き出すとともに〝盾〟を生成。スキルを隠すことなど、考えている場合じゃない！

新たな乱入者に気付きミノタウロスはわずかにハヤトを見た。結果的に、それが明暗を分けた。ハヤトの音速にも至る疾駆によって、ユイに向かって振り下ろされた鉈の間にハヤトの身体を割り込ませることに成功したからだ。

瞬間、ハヤトの両腕はへし折れた。

と、思うだけの衝撃が加わった。受けた衝撃が盾を伝わるとハヤトの骨身に響く。ミノタウロスはその場で左足を軸にしてぐるりと回転すると、そのままハヤトを蹴り飛ばした。

刹那、十トントラックが激突したのではないかと錯覚するほどの衝撃。重力の魔の手を振り切って、ハヤトの身体が地面と平行にぶっ飛んだ。

「……ぐはっ！」

そして、背中に重打。丁寧に飾ってあった美術品を叩き壊して、ハヤトの身体が壁に埋まった。

「……くそがッ！」

追撃の態勢に移ったミノタウロスを止めたのは、スキル【集敵】だった。ガンガンと盾を叩いて音を出し、敵の注意を引いているのは、

「久我さん！」

「……ここは僕たちが引き継ぎます」

ボロボロになった久我と、ヴィクトリアの生き残りたち。

『オオオオォォォォォオオオオオオオッッッ！』

ミノタウロスはそう言って久我に向かって突撃。それを盾で軽くいなすと、彼は部下の二人とともにすぐに見えなくなった。

「ユイ！　無事か！」

「…………見ての通りよ」

「立てるか？」

ハヤトはそう言って彼女の脚を見て絶句。足があらぬ方向に曲がっている。すぐにＬｖ３の治癒ポーションを取り出して渡した。

「はやく飲むんだ」

「……私は、いい。それよりも、カオリに」

ユイが指した先にいたのは戦乙女'sの中でも最年少と思われる体躯の小さな女の子だった。壁に激突したのか、頭から流血しており意識は当然ない。

「……分かった」

ユイの呂律が回っていない。脳震盪か、ＭＰ切れ、もしくはその両方を引き起こしている。だが、戦乙女'sの中では最も軽傷だ。

《ハヤト、まずいことになった》

（どうした）

カオリと呼ばれた少女に治癒ポーションを飲ませながらハヤトは聞き返した。

《あれは『招かねざる来訪者』。本来なら、もっと高階層に湧くべきモンスターが、低階層に現れた奴だ》

（……そんなことが）

《稀にだが、な。エリナもそのうちの一種だ。奉仕種族は本来、75階層よりも上に湧くモンスターなんだ》

（どうして、ここに……）

《『招かねざる来訪者』はダンジョンの、『鞭』だ。攻略を急ぎすぎると、それを戒めるために出現する。そして……よく聞け、ハヤト。今の敵は『禁忌の牛頭鬼』。本来ならば53階層の階層主モンスターだ》

（……ッ！）

《逃げろ！　今すぐに！》

　ハヤトのステータスの平均値はせいぜいが20階層付近の適正値。とてもじゃないが、53階層の階層主モンスターだなんて……。

　ハヤトはポーションを飲ませた少女の呼吸が安定してきたのを確認すると、安堵のため息。その瞬間に、ドサリとユイが倒れた。

「おい！　しっかりしろ！　ユイ！」

「……ちょっと、眩暈が……しただけよ……。大丈夫……まだ、踊れるから……」

　記憶の混濁。恐らく、脳震盪。

　上体を起こそうとユイの頭を抱きかかえた瞬間に、

「嫌だ。痛いのは嫌！　叩かないで、ママ。止めて！」

その言葉で、ハヤトは彼女がどのように育てられたかを理解した。

「……ッ！　おい、しっかりしろ。ここはダンジョンだ！　目を覚ませ、ユイ！」

他に治癒ポーションがあるならそれがベストなのだが、こんな状況では望むべくもない。

「ハヤト……。ねえ、ハヤト……」

「どうした！」

唐突に名前を呼ばれてユイを抱きかかえる。

まだ、目の焦点が結ばれていない。脳震盪だけではなく、ＭＰ切れの両方だ。

「……助けて」

ひゅっ、とハヤトの喉から空気が抜けた。

《駄目だ、ハヤト！　逃げろ！》

「アンタなら……みんなを救える……」

《逃げろ！　死ぬぞ！　殺されるんだぞ！》

「お願い……みんなを……救って……」

《やめろ、聞くなッ！　死ぬぞ！》

「……どうして、俺なんだ」

俺は、二年間もダンジョンの低階層で燻っていたんだ。

「信じてる、から。アンタなら、やってくれるって、信じてるから……」

俺は、ヘキサと出会うまで救いようの無いほどに落ちぶれていたんだぞ。

「……どうして……ッ！」

どうして、こんな俺を信じられるんだッ！

「だって、私の相棒(バディ)でしょ」

「……ッ!!」

そう言って、ユイはハヤトに全てを託(たく)すようにして気を失った。

彼はユイの身体が傷つかないようにゆっくりと地面に寝(ね)かせると、ポーチの中で一番取りやすい位置に移動させていた『転移の宝珠』をゆっくりと奥(おく)に押し込(こ)んだ。

《どうして逃げない！　ハヤト！》

ハヤトは先ほど産み出したばかりの盾を手に取って、立ち上がった。

「………信じられてるんだ」

《何を……ッ！》

「俺は、信じられてるんだ。こんな幸福なことがあるか。ヘキサ」

《……私だって、お前を信じているさ。お前が、このダンジョンを攻略して「地球」を救

うと信じてる。だが、今じゃないと言ってるんだ！　今は戻って、力をつけて戻ってくれば良い！　だけど、今じゃないんだ！》

「……なぁ、ヘキサ」

《駄目だ！　行かせないぞ！》

ヘキサはそう言ってハヤトとミノタウロスへの道の間に立ちふさがった。ヘキサは思念体だ。そんなことをしたって何一つ意味はない。意味など無いが、ハヤトはそれで足を止めた。

「ヘキサ」

《お前を死なせるわけにはいかないんだ！》

「…………」

《エリナも、咲も、お前が逃げたことに何も言わない！　むしろ生きて帰ったことを喜ぶんだ！　お前には生きて帰ることを望んでいる人がいるんだぞ！》

知っている。それが願っても手に入らない幸せであると、彼は当然知っている。

「ヘキサ。俺は……親から疎まれた」

《それは……》

「だけどさ、こんな俺を信じてくれる奴がいたんだ」

《…………だが》

「ありえるか？　この、中卒で、親から絶縁されて、才能もなくて、二年間も三階層で這いずり回ってた底辺の探索者を信じてくれてるんだ」

《……ハヤト》

「信頼に応えるのが、道理だろ」

《エリナも！　咲も！　勿論、私だってお前が生きて帰ることを望んでいる！　どうして分かってくれない！　誰もお前に、死んでほしくないんだ！》

「分かってる、ヘキサ」

その瞬間、ぞっとするほどの殺気が部屋に充満した。ハヤトはその殺気の先を見た。目の前には全身に返り血を浴びた『禁忌の牛頭鬼』が居る。精鋭部隊の副隊長といえども、時間稼ぎにしかならないのか。

ならば、

「俺は、お前に救われたんだ。それだけじゃない。俺はエリナに、咲さんに、ダイスケさんに、ユイに、シオリに救われた。俺一人だったら、絶対にここまで生きていなかった。生きることは、できなかった」

彼らがいたから、ここまで死なないで来られた。

彼女たちがいたから、ここまで生きることができた。

「だから、次は俺が救う番だろ？」

《……うぅ》

ハヤトの決意は堅いと知るやヘキサは黙り込んだ。

「安心しろ。俺は死なねえ。倒れねえ」

ハヤトは盾を構え、独特の型を取った。

〝全スキルを排出〟

〝結合技巧【暴帝：覇王】をインストールします〟

〝インストール完了まで　残り：78秒〟

「ここにいる全員を生きて返す。だから、全部だ。俺の全部をここで吐き出す」

右下にインストールの状況を知らせるプログレスバーが表示。ジリジリと埋まっていく。

「ヘキサ。俺がどうして3層まで武器も持たずに攻略できたのか。どうして、俺の家がおかしいのか。その一端を、見せてやる」

ミノタウロスが牙を剥きだしにして吠えた。

ハヤトの冷たい視線がそれを貫く。

「天原の絶技、その目に叩き込め」

息を吐き出す。そして、大きく吸い込む。

炎が走ったように、カッと全身が熱くなる。

「往くぞ」

そう言ってハヤトは踏み込んだ。そして、ヘキサは気が付いた。

ハヤトの目に炎が灯っている。それは炎だ。覚悟の炎だ。

「ォォオオオッッツ！」

ミノタウロスは飛びこんできたハヤトめがけて鉈を振り下ろす。接触する瞬間、ハヤトはわずかな瞬間を見切って、盾で鉈を滑らせるとがら空きになった鳩尾に蹴りを叩き込む。

散った火花がハヤトを歓迎するかのように煌めいた。

身体を『く』の字に折り曲げたミノタウロスの顎に掌底。打ち上げるようにして振り上げた手が確かな手ごたえを感じさせる。顎を強かに打ち付けた。普通なら、脳震盪を起こすだろう。だが、敵は53階層の階層主なのだ。

「ふっ！」

さらに隙を見せたミノタウロスの喉仏を強打。思わぬ三連打にミノタウロスが苦しい声を上げる。

ハヤトは着地すると同時に盾でタックル。己の体重を存分に乗せた一撃は三メートルの巨躯といえども身体を揺らすことには成功。

その瞬間、ハヤトは盾を投げ捨て跳躍。鉈という長物を扱う相手にとっては絶対避けたい超至近距離において腰の捻りを活かした一撃を右目に叩き込んだ。それはミノタウロスが右手で鉈を持っていたため、右目が利き目ではないかとの判断。

ずりゅっ！　とハヤトの貫き手が眼球の柔らかい感触を捉え、そのまま目を掴むと視神経ごと引きちぎる。この間、わずかに三十秒。

《……凄い》

ハヤトの記憶を見ていたヘキサは、目の前に広がっているこの現実に思わず息をのんでしまう。ハヤトの動きは人間のソレではない。

遅れて、ハヤトの手元に光が宿った。【武器創造】。生み出されるのは、蒼い槍。

「はァッ！」

ハヤトは大きく叫ぶと、槍を掴んで突進。右眼を奪った敵の死角に入り込むように、右側から槍を脇腹に刺す。だが、ミノタウロスはその槍を掴むと大きく握ってへし折った。折れた槍が黒い霧となってかき消える中、ハヤトは壁を蹴って次の攻撃を繰り出している。

《……これが、ハヤトか？》

人ではない。その動きは、人間のものではない。

それも当然。天原の一族は〝祓魔〟の一族。

人ならざる者を祓い続けてきた一族だ。魔を倒すことは、生まれた時よりの使命であった。だが、ここにいるのは落ちこぼれ。魔を祓えず、才覚は無く。故に、縁を切られ地獄を彷徨い、そして再び最前線に舞い戻ってきた鬼である。

右目を失ったミノタウロスは先ほどまでの笑みを止めて、顔に厳しい表情を浮かべている。ここからは一切の油断をしないということか。

「来いッ！」

「ウォォォオオオオオオオッッッ！」

ミノタウロスの咆哮が狭い通路に響き渡る。刹那、その巨体からは信じられないほどの速度で飛び込んできた。地面すれすれまで鉈を下ろすと、そのまま斬り上げ。縦方向に一切の逃げ場がないその攻撃を、鉈とミノタウロスの間に身体を滑り込ませて回避。

そのまま地面に転がる。牛頭鬼は牛だが、ハヤトが回避したことに気が付くと、身体を反転。今度は横薙ぎでもって攻撃。

ハヤトはかがんで回避。だが、ミノタウロスはそれに合わせてきた。ハヤトの防具に直撃。エリナに渡された防具がズタズタに引き裂かれる。

しかし狭い通路に四メートルの鉈は長すぎた。ガッ！　と金属に金属が食い込むような重低音とともにミノタウロスの鉈が壁に食い込んだ。

その隙を見逃さない。ハヤトは地面を蹴って、鉈を足場にミノタウロスの首に抱き付くと反動を利用してそのままミノタウロスの首を背中方向に捻じ曲げにかかった。

「オォォオオオオ！」

ミノタウロスは自分が背骨ごとへし折られるということに気が付き必死の抵抗。首に抱き付いているハヤトに手をかけるが、それと同時にハヤトは全力で首を背中方向に捻じった。

ミシッ！　と異音が響くと同時にハヤトは背中を蹴って離脱。一拍遅れてミノタウロスの手が伸ばされていた。だが掴んだのはハヤトの砕けた防具だけ。

〝インストール完了〟

〝【暴帝：覇王】がインストールされました〟

〝以下のスキルレベルの上限が解放されます〟

〝【身体強化】Ｌｖ３　↓　Ｌｖ５〟

〝以下のスキルが発動します〟

〝【身体強化Ｌｖ５】【肉質貫通】【威圧】【乾坤一擲】【神速】〟

結合技巧【暴帝：覇王】は一切の防御を顧みない攻撃特化のスキル。己が命を燃やし、戦場にて誰よりも先頭に立つ狂王のスキルだ。

故にハヤトは飛び出した。

『シャァァアアアア！』

ミノタウロスは吠えると同時に壁に食い込んでいた鉈を手に取って、残った左目を蒼く輝かせた。

《下がれ！　スキルだっ！》

「いや、下がらねえッ！」

ヘキサの声と、暴風の如き暴力は同時に放たれた。

ズガガガガガガガガッ！

鼓膜が破けるような轟音でミノタウロスの周囲が削れていく。攻撃スキル【颱の調べ】。やっていることは【狂騒なる重撃】に近い。だが、【狂騒なる重撃】が一点に攻撃を集中させるタイプのスキルであれば、こちらの【颱の調べ】は範囲制圧に優れている。

しかし、ハヤトにはパッシブスキル【神速】が発動している。

故に、全ての動きが見切れる。砕け散った槍の代わりに、ハヤトの手元に生み出されているのは、かつて二年間も使い続けていた短剣。

「シィッ！」

人間の網膜が持っている動体処理速度を超え、残像として何十本も武器が出現したかのように見える嵐の中をハヤトは同じように飛び回り、ミノタウロスの肉を削っていく。大きなダメージは期待できない。だが、それでも塵を積もらせれば。

「まだまだッ！」

颱が、止んだ。攻撃スキルを使った後に訪れる一瞬の停滞。それをハヤトは見逃さない。

「おおォッ！」

そして、ハヤトの手元が煌めいた。世界が捻じ曲げられて、一本の武器が出現する。そこにあったのはおよそ三メートルはあろうかという巨大な特大剣。

《それは、オールドガーディアンの……ッ！》

「潰れろォッ！」

【身体強化Ｌｖ５】を全力で使った一撃を、横ではなく縦に振るう。ミノタウロスは狭い通路が故に横に避けられず、右腕を掲げてガード。ハヤトの手にミノタウロスの骨に特大剣が激突した重い衝撃が伝わってくる。

「斬り落とすッ！」

ハヤトは持ち手に全体重を乗せると、そのままミノタウロスの右腕を斬り落としたッ！

『フゥウウウウウウ！』

腕から赤い血を流しながら、ミノタウロスが二、三歩ほどたたらをふんだ。刹那、ハヤトは地面に倒れていた『戦乙女's』を拾い上げてミノタウロスの攻撃範囲外に脱出させた。

『フゥゥゥウウウウウウウウッ！』

遅れて、ミノタウロスの口から蒸気のような吐息が上がる。それは上がり切った体温を吐き出したかのように見えた。

『アアァァァアアアアアア！』

さらに流れるようにしてミノタウロスの目が光った。

《アイツ、防御スキルを使いやがった！》

「何か分かるか⁉」

《……【鉄壁】……いや……【天護】かッ！　厄介だな！》

「……どんなスキルだ」

《一日三十分しか使えないが物理攻撃の九十パーセントをカットするスキルだッ！　嫌なタイミングで使いやがった！》

「……なるほど」

その瞬間、ハヤトは右手に抱えていた特大剣を投げ捨てた。ハヤトの手から武器が離れ、黒い霧となって消えていく。

《お、おいッ！　何をッ！》

「ここで決める。俺の戦い方は三十分も持たないんだ。せいぜいが五分。それ以上は苦しい」

ヘキサはその言葉がなくとも理解できるものはあった。人ならざる挙動を三十分も続けられるのであればハヤトはヘキサが来なくとも前線攻略者に居続けただろう。

ハヤトがやる気というのはミノタウロスにも伝わったらしく、残った左腕で鉈をまっすぐ突くように構えた。間違いない。【狂騒なる重撃】を放つつもりだ。

「……天原の技に、名前が付いているものはとても少ない」

その瞬間、ハヤトが取り出したのは状態保存珠。それを五つ、手に取った。

「だがいくつかの技には名前が付けられている。何故だか分かるか？」

《……いや》

「必殺技なんだよ」

《まさか》

「まァ、見せてやるよ」

ハヤトは再び【身体強化Ｌｖ５】を発動。それを状態保存珠に保存すると、スキルを一度解除。状態保存珠を発動し、身体強化された状態に自分の身体を上書きすると【身体強化Lv5】を再び発動。それを状態保存珠に保存する。状態保存珠は、全ての状態を上書きするが……たった一つ。スキルの使用回数だけはリセットされる。

「俺には才能が無かったから、使える技はそう多くない。せいぜいが二つ。中でも上手く使えるのはこの一つだけだ」

そう言ってハヤトは右の拳を大きく後ろに引くと左手で全身のバランスを取るようにぐっと前に突き出した。それはまるで、仏敵を討ち払う仁王像のように。

その瞬間、最後の状態保存珠が砕けた。彼がしているのは身体強化の重ねがけ。物理の九十パーセントがカットされるなら、その上から殴り飛ばせばいい。

最も単純。最も簡単。

「――秘技」

ハヤトは【武器創造】によって籠手を産み出した。覆いかぶさるようにして産まれたそれが顕現する。追加効果など、なにもない。そんなものは必要ない。ただ、自分の腕を守れれば良い。

「『星走り』」

刹那、ハヤトが地面を蹴った。

『星走り』の仕組みはとても単純だ。そもそも激突の衝撃は速度と重さで決まる。だからあまねく武道家たちは体重の乗った一撃を重視するのだ。

故に、天原の初代当主は考えた。最も拳の威力を高めるにはその瞬間に身体全ての重さが乗っていれば良いのではないか。そう考え、長きに亘って特殊な体重移動を身に付けた。だが、それはあくまでも条件の半分しか満たしていない。

さらに必要なのは速度だ。どれだけ重たくとも、当たらなければ意味はない。そこで初代が目を付けた先に『縮地』と呼ばれる特殊な歩法があった。瞬きする間に距離を詰めるその技を極限にまで磨き切る。その結果、初代当主は技を放つ瞬間、音速を超えたという。

その二つが合わさった先にあるのは回避不能、乾坤一擲の一撃。だが忘れるなかれ。これら全ては身体強化を行っていない素の身体で成し遂げられるのだ。

五重の身体強化が乗った彼ならば、音の壁など容易に超える。

刹那にして音速を突破した彼の身体からソニックブーム。柔らかい人の肌が耐えきれずに裂けると血の痕が宙に尾を付ける。それはさながら夜空に煌めく流れ星のように見えるだろう。

故に、『星走り』。

ハヤトの拳がミノタウロスに叩き込まれた瞬間に、ミノタウロスは【狂騒なる重撃】を発動する――はずだった。だが、彼の認知速度を遥かに上回る一撃によってそれは成し遂げられることは無く。

「吹き飛べぇッ！」

【肉質貫通】と【乾坤一擲】の両方のスキルを同時に発動。ハヤトの拳はミノタウロスの鳩尾へと叩き込まれる。そこでハヤトは脚を踏ん張ると、大きく振りぬいた。

爆発的な轟音。衝撃波がダンジョンの中を吹きすさぶ。

拳によってその巨体は宙を舞うと数十メートルは離れたダンジョンの壁に激突し、さらにその壁を砕いて吹き飛ぶと二つ目の壁に激突した。それだけでは到底エネルギーは無くならず、ミノタウロスがぶつかった壁に放射状に亀裂が入る。

ミノタウロスは力なく手をハヤトに伸ばしたが、だらりと腕が地面に倒れ、黒い霧となって霧散した。

「……ふぅっ」

残心。

「二度とその面見せんじゃねえぞ牛野郎ッ！」

終わるや否やハヤトはドロップアイテムに向かって中指を立てた。そして、そのまま前のめりになり、倒れた。

第7章 ✦ 残歌を叫べ

「それで、倒しちゃったんですか？　53階層の階層主モンスター」

「おう」

「男の子ですねえ、ご主人様も」

ハヤトとエリナが居るのは市内の中核医療病院。ヴィクトリア壊滅の知らせを受けたあと、様々なAランク探索者が救援に駆け付けたが、事態は既に終息しておりそこにいるのは瀕死の探索者たちだった。

その後、すぐに救急隊が派遣され彼らは大病院へと搬送されることになったのだ。勿論、ハヤトもその例にもれず一緒に搬送された。

右腕は粉砕骨折。全身の肌が裂け、血圧だって異常値を計測しっぱなしだったためである。流石にダイスケや久我、また『戦乙女's』よりは軽傷だったが、だからと言って無視して良い傷ではない。

「はい。むけましたよ。あーんしてください」

「あーん」

流石は料理スキル保持者。持ってきた果物ナイフでものの十秒かからず林檎の皮をするすると剥いてしまっていた。

「どうです？　おいしいですか？」

「果物が身に染みるぅ……。うーん、やっぱり俺は林檎が好きだよ」

「……ご主人様が何年林檎を食べてないのか私は存じ上げませんけど、林檎は美味しいものですよ」

しみじみと林檎の味を噛みしめていると、ハヤトが入院している部屋の扉が開いた。

「いよォ！　元気にやってるか」

「団長、うるさいですよ。やあ、ハヤト君」

「ダイスケさんに久我さん！」

ヴィクトリアの二枚看板が見舞いにやってきた。ダイスケの怪我は完治しているが、久我の怪我はＬｖ４の治癒ポーションでは治らず、まだ三角巾で右腕を吊るしていた。

「巷じゃお前の噂で持ち切りだぜ。攻略クランヴィクトリアを壊滅させた化け物を倒したのがＤランクの探索者だってんだからな。はい、これ土産な」

そう言って果物の詰め合わせを渡してくるダイスケ。病院食はあんまり美味しくないからこういうのは助かる。

「あ、どうも……。って、そんな感じになってるんですか？　まあ、確かにテレビでも取り上げられてましたけど」

昨日、病室にあるテレビをつけたら「謎の探索者、ヴィクトリアを救う！」とテロップが躍っていた。恥ずかしくなってすぐに消したが。

「全国ニュースになってますからね。かなり有名ですよ、ハヤト君」

「へぇ……」

病室はハヤトだけの個室なので、テレビもあるのだが付けることはほとんどない。日がな一日、ヘキサかエリナと喋っているからだ。

それにネットもないので、自分がどれだけ有名になったのかあまり実感がないのである。

「さっきお前の部屋から出てきたのは……ありゃ誰だ？」

「戦乙女's（ヴァルキリーズ）の一人のご両親らしいです。娘を助けてくれてありがとうって言われましたよ」

「ははは。まあ、そうなるだろうな。んじゃ、お前の周りにあるこの土産の品って……」

ハヤトのベッドの周りには様々な見舞いの品が置いてあった。先ほどの『戦乙女's（ヴァルキリーズ）』のメンバーの両親からもらった品も勿論あるし、そもそもメンバーからのものもある。

「ええ、まあ、その関連の物ですね」

昨日なんかは芸能事務所の社長がやってきて直々に感謝を伝えられた。

「気持ち良いだろ」

ダイスケはそう言って笑うと、席にどかっと座った。対照的に久我は静かに座る。

「エリナちゃん、俺にも林檎くれや」

「はい。どうぞ」

どこから取り出したのか、林檎にそれぞれ楊枝が刺さっており久我とダイスケに差し出される。エリナ、なんて良く出来た子！

「ヴィクトリアからもお前に礼をしたいんだが、なんか欲しいもんあるか」

「欲しい物、ですか……。うーん、今あんまり欲しいもの無いんですよねぇ」

「金は？」

「なんですぐお金の話になるんですか……。大丈夫ですよ。足りてますって」

「ホントかァ……？」

そう言って疑いの眼差しを向けてくるダイスケ。

だが、流石に今回ばかりは本当である。23階層の階層主モンスターから手に入れた果物。あれは『スキルレベルの実』と呼ばれる世界で初めて見つかったアイテムで、食べた人間のスキルのレベルを全て一段階上げるという実だったのだ。

これが、ランキング上位者（ランカー）に高く売れた。

なのでハヤトは１０７０万円も入ってきたと大喜び。

そもそも、ハヤトはなんだかよく分からないまま『$１０，７００，０００』と書かれた電子書類にサインしたのだ。

ヘキサも咲もかなり大はしゃぎで億超（ご）えがどうの、億万長者がどうのと言っていたが、ハヤトからするとスキルオーブの実よりも素材の方が高値で売れたので嬉（うれ）しかった。

次に『禁忌の牛頭鬼（フォビドゥン・タウロス）』が落とした毛皮だが、こちらはなんと５０００万円で売れた。なんでも毛皮一枚だけで戦車砲（せんしゃほう）のエネルギーにも耐えられるだけの防弾性（ぼうだんせい）を持っているらしい。こちらは防衛相（ぼうえいしょう）お抱えの組織がほくほく顔で買い取っていった。後々、咲に聞くと向こうは五倍以上の値段を吹っ掛（か）けられることを想定してハヤトに持ちかけてきたらしい。

ハヤトとしては５０００万も１０００万も現実味がないということで一緒の扱い。面倒（めんどう）な契約書（けいやくしょ）を読みたくなかったのでさっさと決済を終わらせたのだ。

というわけでざっと６０００万円。来年、所得税でかなりの額が持っていかれても懐（ふところ）はアチアチなのだ！　と、ハヤトは思っているが、実のところもっと入ってくるところに彼は気がついていない。

「というわけでお金には困ってないんですよね」

「うーん、そうなると何が良いかな」

「また出直しても良いんじゃないです、団長」

「そうすっか」

　そう言って刺さっている楊枝を無視して素手で林檎をかじるダイスケ。

　せっかくエリナが出したんだから楊枝くらい使いなよ……。

「あ、そうそう。ハヤト君、来期から多分Ａランクか Ｂランク探索者だよ」

「……はぇ？」

「『日本探索者支援機構』に友達がいるから噂で聞いたんですけどね。ランキングも相当上昇するみたいで……。なんでもギネス記録に載るかもって、ＪＥＳＯの中でももっぱらの噂ですよ」

「嫌だァ！　目立ちたくないッ！」

「どうした、急に」

「俺、今目立つとヤバいんですよ！　なんとかしてくださいよ！　ダイスケさん！」

「んなこと俺に言われてもなぁ……。マスコミに圧かけられるほど力ないし」

「それより、どうして目立つとマズいんですか？　ハヤト君」

「俺一か月前に衆人環視の中でスキル使ってるんです！　有名になるとそのこと掘り返されるかも知れなくて……」

「馬鹿やったな、お前」

「だってこんなことになるなんて……」

あの時は自殺するつもりだったし……。

「だいじょーぶ」

ふと、ハヤトの叫びを聞きつける様にして扉が開いた。そこから入ってくるのはダウナー系の少女。

「ヒッ！　シオリッ！」

「私に任せて」

「……案があるのか」

「うん。来た警察を斬ればいい」

「ばかーーっ！」

どうしてお前はそんなに脳筋なんだよッ！

病室の中は笑いに包まれた。シオリはガチで言ってるから笑えないってのに……。

騒がしい喧噪の中に一人、取り残されるようにして彼女は立っていた。既に日は落ち、世界は人工の光で包まれる。そこを行きかうのは無数の人と車。去年区画整理されたばかりの整った歩道の上で、彼女は巨大なディスプレイをじぃっと見つめている。

そこには今話題のアイドルグループが映っていた。

彼女が見ているのは先日起きた凄惨な事件。そして、それを一人で解決した探索者の話。ほとんどの者はそんなものには目もくれない。今朝のテレビでもスマホニュースでも繰り返されることによって飽和してしまった情報はほとんどの者には届かない。

だが、それを見上げるやせこけた少女が一人、そこにいた。

『私、気絶しててほとんど覚えてないんですけど、すっごい強い探索者の人が助けてくれたらしくて』

そこにある情報は彼女にとって未知の物ばかり。

スマホを持っておらず、電気が点かない家にいては入ることのない情報ばかりだ。

「すごいなぁ……」

アイドルグループの中に、彼の素性を少しだけ知っている桃髪のアイドルが軽くだがその探索者の話をしていた。食うにも困るような状況で探索者を続け、まったくの無名の探索者があの事件を解決したのだという。

「私も……お金があればなぁ……」

確かに、探索者は儲かる仕事だ。だが、それ以上に金がかかる仕事でもある。

夢を見るだけなら良い。だが、実際に挑むのならば厳しい仕事だ。

「……私、戦えないもんなぁ」

そして、何よりも強くなければならない仕事だ。金がなく、伝手もなく、そして武器も持っていない者が、たった一人で乗り込めるような世界ではない。

少女はそれが分かっているから、今日も同じようにして年齢を偽って働いている飲食店へ向かった。

怪我も完治、というか治癒ポーションを飲んで傷を完全に治したハヤトは念のための精密検査を受けて、『ＯＫ』が出たので晴れて退院となった。一週間も身体を動かさなかったので、鈍って鈍ってしょうがない。このまま前線攻略に戻るのが少し心配になってくる。

「ご主人様、まずは退院おめでとうございます」

「色々と世話してくれて、ありがとな。エリナ」

「いえいえ。それが私ですから！」

上機嫌にエリナが答えると、一枚の封筒をハヤトに差し出した。

「なにこれ？」

『ＪＥＳＯ』と封筒下に印字されており、封筒の表面には『親展』とデカデカと書かれている。

「なんて読むんだこれ。おやしんがり？」

《それは『親展』だ。どういう読みをしてるんだ？》

「漢字は苦手なの！」

《得意なものが無いだろ》

「失礼だな！　体育は得意だったぞ！」

なんてやり取りをしながら、ハヤトはエリナに尋ねた。

「で、なんでこれを俺に？」

「そ、それはご主人様しか開けられないんですよ。『親展』って書いてあるじゃないですか」

「へー……。そういう意味なんだ……」

初めて知った『親展』の意味を忘れないようにしようと心に刻みながら、封筒を開けた。そこには複数枚の紙が入っており、一番表にあった紙を取り出してハヤトはそれに目を通す。

「……おい、嘘だろ」

「どうしたんですか？　ご主人様」

「これ……」

エリナはハヤトから紙を受け取ると、素早く目を通した。

「わわっ！　来期からAランク探索者ですか⁉　おめでとうございます！」

「……終わった」

ハヤトはがっくりと膝から崩れ落ちた。ただでさえ、外でスキルを使うというのは人の注目を集めやすいのにそこにランクアップも加わるとなると、これはもう終わりである。

「捕まる……。逮捕だ……」

《そう悲観するな。お前が使ったのは【治癒魔法】だろ？　そう大事になるようなものでもあるまい》

「……なるんだよ。【治癒魔法】ってガン細胞とか意図的に作れるから……」

だからこそ、国から認可を受けた医療従事者以外は外で治療系のスキルは使えないのだ。

「それに治す過程で五感をイジったり、整形したりとかもできるんだよ、あのスキル……」

《詳しいな》

「昔それで稼ごうと思ったことがあって……」

《ロリ巨乳を作ろうとしたんじゃなくて？》

「お前は俺のことを何だと思ってるんだ」

犯罪になるからやめろと咲さんに怒られたのが記憶に新しい。

ハヤトはヘキサにツッコミを入れながら、二枚目の紙に目を通した。そこには、Aランク探索者講習と書かれた書類。端的に集合時間と会場が書かれていた。

「あー……。Aランク探索者になるから、講習を受けなきゃいけないんだ……」

「講習ですか？」

「ああ、Aランク探索者は弟子を取らないといけない決まりがあるんだよ。他にもAランク探索者になった時の心構えとか、なんかそういうビデオを見るんだってダイスケさんから教えてもらったんだ」

「へー。そうなんですね」

エリナは相槌を打つと、ふと何かを思いついたのか手をぱん、と叩いた。

「それなら、あれがいるじゃないですか」

「あれ？」

「スマホですよ！」

エリナがそう言うのも無理はない。何しろハヤトはこの情報化社会においてスマホを持っておらず、必要ないとすら思っている節があるのだ。

「馬鹿言え。いらねえよ。スマホなんて」

「要ります！　絶対に必要です！　無いと死にます！」

確かに今までの彼だったら、スマホの固定費でひぃひぃ言う羽目になっていただろうが、今は違う。今の彼は天下の前線攻略者。月収は最低でも300万を超える超絶稼ぎ頭である。ここで買わねばいつ買うというのか。

「死ぬって……。でも俺、保証人がいないから買えないぞ?」

ハヤトの言う通りである。彼はまだ十六歳。ごりごりの未成年であり、スマホを買うには保護者の許可がいる。しかし、今の彼は保護者と連絡が取れない。だから、スマホが買えないのだ。

「大丈夫です。任せてください」

しかし、エリナがとびっきりの笑顔で言うものだから、ハヤトはそれを信じてみようと思って、この件を深く追及しなかった。

三日後に追及しなかったことを酷く後悔する羽目になった。

「……で、なんでこいつがいるんだ?」

エリナが買いに行く準備が整いました! とか言ってきたので、ハヤトは彼女と二人で買い物に出るのだと思っていた。思っていたら、駅前で見知った顔に出迎えられた。

「決まってる。私とハヤトは運命で結ばれているから」

「意味がわかんねぇよ……。スマホ買うのに運命も何もないだろ、シオリ……」

駅前にいたのは女子高生探索者である藍原詩織である。

まじで勘弁してほしい。何が好きでこいつとスマホを買わないといけないのか。

「ちゃんと、壁紙をハヤトとのツーショットにする。初めての女は譲れない」

「なに壁紙って。部屋の話？」

「…………」

これには流石のシオリも閉口。

《……すごい。ハヤトが非常識度で勝ったぞ！》

（え？　俺いま変なこと聞いた？）

ハヤトの問いかけにヘキサが返すよりも先に、エリナがハヤトの手を引いた。

「と、とにかく買いに行きましょう！　予約時間過ぎちゃいますから！」

「あ、ああ……。それにしても、なんでシオリなんだ？」

「私、この会社のＣＭをやってる」

「初めて知ったぞ」

「それで、ハヤトの生い立ちを軽く教えて……スマホを契約できるようにして欲しいって頼んだ」

「そしたら？」

「契約してくれるって」

「ありがてぇ」

「でも、法律的にグレーだからあんまり人前で言わないで欲しいって言われた」

「…………」

ありがたいことはありがたいのだが、それで良いのだろうか。そんなにも簡単に法律というのは破っても良いものなのだろうか。ハヤトには法治国家というものがよく分からなくなった。

「そういえば、スマホってたくさん種類があるんだろ？　どれを買えば良いんだ？」

「私と同じの」

秒でシオリが答えるものだから、ハヤトは顔をしかめる。

「俺に選択肢は？」

「ない」

「なんでだよ」

「だって……スマホは、たくさん種類がある」

「あ、ああ。それくらいは知ってるぞ」

「まず大きく分けてアン●ロイドとア●フォンの二種類。後者は同じ会社がずっと出してるから分かりやすいけど、前者は多くの会社がたくさん出してるから、それを全部調べるのは大変。ハヤトには、そんなの見てる時間がない」

「……なるほど？」

既にこのタイミングでスマホの話についていけなくなったハヤトは相槌を適当に返す。

「ハヤトみたいに詳しくない人は誰かに合わせるのが一番。そうしたら、困った時にすぐに聞ける」

「ああ、それは……確かに」

シオリの言っていることに一理どころか万里ありそうな気がして、思わず頷いてしまった。悔しい。

「だから、ハヤトが私と同じスマホを買って、困ったことがあったら……私に聞けば良い。これは、チャンス」

「何のチャンスなんだよ」

「私が、ハヤトとたくさん喋れるチャンス」

「………………」

そういうのはチャンスとは言わない。

ハヤトがシオリから、いかに同じスマホを買えば便利なのかという話を聞かされながらスマホショップに向かっていると、タイミングが良いのか悪いのか見知った姿をした少女が近づいてきた。

マスクをして、深くフードを被っている少女はハヤトがナンパから助け、ついこの間もモンスターから助け出した少女である。

「ハヤト……と、藍原さんじゃない。どうしたの？　こんなところで」

「うわ、ユイ」

「何が『うわ』なのよ」

そう言いながらユイはハヤトのスネを軽く蹴ってきた。こいつこんな暴力的だったたっけ？

《ツンデレというやつだ。愛情表現だぞ》

（なんで愛情表現で蹴るんだよ）

《好きな子にいたずらしたくなるというアレだ》

（絶対違うだろ……）

ヘキサにツッコミを入れながら、ハヤトはそうと知られないように平然とした顔で答えた。

「ちょっとスマホを買いにな」

「へぇ、スマホ買うの？　何にするの？」

「私と同じ。ア●フォン」

シオリがそう言うと、ユイは呆れたように息を吐いた。

「は？　リンゴとか止めておきなさいよ。時代は泥よ泥」

「ど、どろ……？」

ハヤトが首を傾げたが、それに素早くシオリが反論した。

「ハヤトに、アン●ロイドは難しい。多分、スマホを使わなくなる。それは、危険」

「なんでよ。男の子なんだからカスタマイズできるのが好きなんじゃないの」

「え？　カスタマイズできんの？」

スマホはよく分からないが、『カスタマイズ』という言葉にほいほい引き寄せられてしまうハヤト。彼もまた、男の子だった。

「そうよ、自分のやりたいことに合わせて端末を変えられるの。ハヤトに向いてるわよ」

「無理。ハヤトはそういうの途中で飽きるから」

「なんで藍原さんがハヤトについてそんなに詳しく語るの？　そんなに関わりあったっけ？」

「ハヤトと私はダンジョンが出来たばかりの頃に、相棒だった。だから、ハヤトの良いところも悪いところも全部知ってる」

「ダンジョン出来たばかりって二年前じゃない。好みとか変わってるんじゃないの？」

……な、なんでこの二人は喧嘩してるんだ？

ハヤトが恐怖に震えながら静観。ここにツッコミを入れたら食われる気がする。ここはスルーが安定だと、ハヤトの長年の探索者人生経験が叫んでいた。

「……変わってない。大丈夫」

「なんでそんなに自慢げなのよ。私はいまハヤトと相棒を組んでるけど、多分自分で色々弄れる方が喜ぶわよ。ハヤトも男の子だし」

「……っ！」

シオリが弾かれたようにハヤトを見る。『この女の言ってること、本当？』みたいな感じの視線だ。ちなみに、シオリが言っていることもユイの言っていることも合っているようで微妙に違う。

シオリとハヤトは数えるほどしか一緒に戦ったことはなくて、ほとんどストーキングされていただけである。あと、ユイとバディを組んでいるというのも間違い。正確には即席のバディを組んでいたことがあるだけだ。

それをどう二人に説明しようかとハヤトは一生懸命考えていると、その説明の機会を食いつぶすようにユイが口を開いた。

「で、どうするの？　ハヤト。どっち買うの？」

「……ア●フォンの方が、良い」

　二人から信じられないほどの圧を受けて、ハヤトが怯（ひる）む。未（いま）だに何を買えば良いのかハヤトにはさっぱり分からない。だから、こんなに圧をかけられても困る。どうすれば良いんだ。

　ハヤトは困り果てて、ちらりとエリナを見ると彼女は小さく微笑（ほほえ）んだ。

「大丈夫ですよ、お兄様」

「な、何が？」

　突如（とつじょ）として入ってきたエリナに、シオリとユイの視線も集まる。前線攻略者（フロントランナー）三人の視線を一身に集めたエリナは最初から考えていたかのように言った。

「チャイルドスマホにすれば良いんです」

「……ちゃ、なにそれ？」

「小学生が持つようなスマホです。小さくて可愛（かわい）いんですよ」

「な、なんでそれを俺が？」

「ＧＰＳ機能がついてるので、お兄様がどこにいるのかすぐにこっちで分かるんです。それに子供が振り回しても大丈夫なように頑丈なんですよ。だから、お兄様にはチャイルドスマホがおすすめです」

エリナが淡々とした様子でとんでもないことを言うものだから、シオリとユイが黙り込む。

《ほー、なるほど。混乱はこういう風に収めるのか。勉強になるな》

（こ、これはエリナが嘘をついて、この場を収めてくれたってことか？）

《いや、エリナは本気で言ってる》

（……余計やべぇじゃん）

しかし、これでハヤトの味方はいなくなった。エリナの視線がハヤトに向けられるままに、シオリとユイの視線もハヤトに向く。何も言わず無言の圧力を三人からかけられて、ハヤトはカスカスの声で無難に逃げた。

「に、日本で一番売れてるやつで……」

結局、ア●フォンを買うことになった。

あとがき

　どうも！　シクラメンです！　この度は『中卒探索者』が、ありがたいことに「HJ小説大賞2020 後期」を受賞させていただき、出版させていただくこととなりました！　語りたいことは山程ありますが、それは別の機会に回しましてまず謝辞を。

　イラストを担当してくださったてつぶた先生。素敵なイラストありがとうございます！　初めてキャラデザを見た時は素敵すぎて心臓が止まりました。そして突然の改稿も快く引き受けてくださった編集様。あの時、あれがあったからこそより作品の質を高められたと思います。また、この本に携わっていただいた全ての方にこの場を借りて感謝の言葉を申し上げます。

　そして、本を手にとってくださった読者の皆様。小説は読者の方に読まれてこそです。本当にありがとうございます！　もし、面白かったらSNSや周りの友人にぜひぜひオススメしてください！

　では、できれば第二巻でお会いしましょう！　ばいばい！

中卒探索者の成り上がり英雄譚 1
～２つの最強スキルでダンジョン最速突破を目指す～

2022年7月1日　初版発行

著者――シクラメン

発行者―松下大介
発行所―株式会社ホビージャパン

〒151-0053
東京都渋谷区代々木2-15-8
電話　03(5304)7604（編集）
　　　03(5304)9112（営業）

印刷所――大日本印刷株式会社

装丁――BELL'S GRAPHICS／株式会社エストール

ISBN978-4-7986-2867-7　C0193

ファンレター、作品のご感想お待ちしております

〒151−0053　東京都渋谷区代々木2−15−8
(株)ホビージャパン HJ文庫編集部 気付
シクラメン 先生／てつぶた 先生